소리를 보는 소년

소리를 보는 소년

서해문집 청소년문학 018

초판 1쇄 발행 2022년 2월 10일
초판 4쇄 발행 2023년 11월 10일

지은이　김은영
펴낸이　이영선
책임편집　김종훈

편집　이일규 김선정 김문정 김종훈 이민재 김영아 이현정
디자인　김회량 위수연
독자본부　김일신 정혜영 김연수 김민수 박정래 손미경 김동욱

펴낸곳 서해문집 | 출판등록 1989년 3월 16일(제406-2005-000047호)
주소 경기도 파주시 광인사길 217(파주출판도시)
전화 (031)955-7470 | 팩스 (031)955-7469
홈페이지 www.booksea.co.kr | 이메일 shmj21@hanmail.net

ISBN 979-11-92085-12-8 43810

서해문집
청소년문학
018

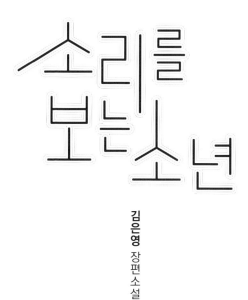

소리를
보는 소년

김은영 장편소설

서해문집

차례

불길 • 7

암흑으로 변한 세상 • 20

하늘을 여는 소리 • 29

귀인 • 37

남산골 • 55

고된 길 • 73

한주 • 84

사연 • 93

무너진 꿈 • 101

돌아온 집 • 111

재회 • 121

마음을 담은 기도 • 129

명통시 • 136

첫 독경연 • 147

악연 • 156

독경사 • 165

작가의 말 • 174

불길

예빈시 앞이 사람들로 북적였다. 얼마 뒤, 중국에서 들어오는 사신들을 맞을 준비에 일꾼이 필요하다는 소문이 돌았다. 물품 정리도 하고, 잔치에 쓸 멍석도 다시 짜야 하니 손이 꽤 필요하다는 말을 듣고 덕수도 잽싸게 가서 명부에 이름을 올렸다고 했다.

"와! 품삯이 꽤 된다는 말이 맞는가 보네."

눈대중으로 헤아려도 줄을 선 사람이 서른은 넘겠다며 덕수가 흥분해 말했다. 명부에 이름을 올리는 것도 소용없는 일인 듯했다. 게다가 장만 역시 덕수를 따라 나선 것이니, 입술이 더 바싹바싹 타들어 갔다.

'안으로 들어갈 수나 있을까?'

곧 안에서 사람이 나올 거라는 소리가 들리자, 장만은 더 불안해졌다.

"형, 일단 내 손을 꽉 잡아."

덕수의 말에 장만은 입술을 꽉 깨물었다. 그리고 패랭이를 더 깊게 눌러 썼다. 어떻게 찾은 기회인데, 쉬이 놓칠 수가 없었다.

'끼이익!' 하며 대문 열리는 소리가 들렸다.

"줄을 서시오. 일꾼은 열댓이면 족하니 뒤에 선 사람들은 일찌 감치 돌아가고."

아마 안에서 나온 참봉인 모양이었다. 그 말에 주변이 다시 술 렁였다. 일찍 서둘러 나왔는데, 뽑는 일꾼이 적어서 자칫하면 안으 로 들어가지도 못할 판이었다.

'이럴 줄 알았으면 더 일찍 나서야 했는데….'

장만은 저보다 뒤에 서 있던 덕수의 팔을 당겨 앞에다 세웠다. 그러고는 안으로 들어가는 사람들의 차례에 맞춰 손가락을 꼽으 며 수를 셌다. 잘하면 순서가 돌아올 듯도 했다. 그런데 커다란 손 이 장만을 막아섰다.

"아니. 이 사람은?"

장만은 그 소리에 놀라 뒤로 주춤 물러났다. 그러자 잽싸게 덕 수가 앞을 막아서며 말했다.

"나리! 저희 형입니다."

"뭐라? 지금 내가 그걸 물었느냐?"

목소리가 거칠었다. 장만은 움찔해 뒷걸음질 쳤지만, 덕수는 아 무렇지 않은 척 말을 이었다.

"오늘 멍석을 짤 일꾼이 필요하다셨지요? 그래서 제가 일부러 형을 데려온 거라니까요."

덕수는 장만의 손을 잡아 앞으로 쑥 끌어당겼다.

"여기 저희 형 손 한번 보십시오. 손도 크고 빨라서 새끼 꼬는 일은 세 명 몫을 해낸다니까요. 솜씨는 또 얼마나 좋은지, 올 하나 풀리는 법이 없어요. 나리, 절 한번 믿어 보세요. 저희를 이대로 돌려보내면 분명 후회하실 겁니다."

평소엔 딱 열세 살 아이지만, 형의 일에 나설 땐 완전 애늙은이였다. 배포가 얼마나 좋은지 장만도 혀를 내두를 정도였다.

덕수의 말이 끝나자, 참봉이 호탕하게 웃으며 말했다.

"허허, 요놈 봐라. 어린놈이 입 한번 요란하게 잘 놀리는구나. 어른 말을 잘라먹는 건 괘씸해도 형 생각하는 마음이 기특해서 넣어 주는 게야. 어디 너희 형 실력 한번 보자꾸나."

"감사합니다. 나리."

덕수는 말이 떨어지기가 무섭게 장만의 손을 잡고 잰걸음으로 관청 문을 넘었다.

"거봐. 형. 나만 믿으랬지?"

덕수의 목소리에 힘이 잔뜩 실렸다.

"그러게. 네 덕에 오늘 품삯을 다 받아 보겠구나. 하하하!"

장만은 그제야 마음을 놓았다. 덕수의 손에 이끌려 장만은 너른 마당을 지났다. 그러고는 사람 소리가 잦아든 조용한 곳에 자리를 잡았다.

"여긴 외진 곳이라 사람들이 많이 안 다녀서 편할 거야. 그리고 무슨 일 있으면 날 불러."

그 말이 끝나자 덕수가 후다닥 뛰어가는 소리가 들렸다.

장만은 팔을 뻗어 한 손 가득 짚을 쥐었다. 코를 갖다 대자 햇빛에 잘 말린 짚에서 기분 좋은 향이 났다. 가슴을 꽉 채웠던 걱정이 순식간에 사라졌다.

'탁탁!'

장만은 양 손바닥을 힘껏 부딪치고는 깍지를 껴서 손가락을 풀었다. 새끼를 꼬는 일은 눈 뜨면 매일 하던 일인데, 관청에 나와 있으니 마음이 새로웠다.

'품삯을 받으면 아버지가 드시고 싶다던 생선을 사서 갈까?'

자꾸만 입꼬리가 올라가고 입에서는 웃음이 새어 나왔다.

장만은 열다섯이 되도록 품삯을 받아 본 적이 거의 없었다. 두 살 어린 동생도 장정 한 명 몫을 거뜬히 하고는 품삯을 받아 오는데, 장만은 새끼 꼬아 만든 물건을 장에 내다 팔아 버는 몇 푼이 전부였다.

게다가 누가 뭐라는 것도 아닌데, 장만은 자꾸 눈치를 보았다.

'집에서 밥만 축내는 천덕꾸러기인가?'

이런 생각이 늘 장만을 힘들게 했다. 그래서 몇 배는 부지런히 움직여서 소일거리라도 있으면 어떻게든 하려고 했다. 하지만 낮선 곳에 가려면 덕수의 도움이 필요하고, 손에 익지 않은 일은 누가 맡기지도 않았다. 결국 죽어라 고생만 하다 품삯도 제대로 못 받는 일이 허다했다.

하지만 이번 일은 관청 일이었다. 품삯을 떼일 일도 없고 덕수도 함께여서 대놓고 덕수를 보챘다. 게다가 눈만 뜨면 하던 새끼를 꼬는 일이라 망설일 이유가 전혀 없었다. 부지런히 손을 놀리면 해 떨어지기 전에 일이 끝날 듯도 했다.

오므려 앉아 정신없이 일하다 보니 다리가 조금씩 저리기 시작했다.

'덕수는 왜 기척이 없지?'

뒷간도 다녀오고 싶고, 목도 말랐다. 장만이 뻐근해진 뒷목을 풀려고 기지개를 켜는데, 뒤편에서 갑자기 '타닥타닥' 하는 소리가 들려왔다.

순간 장만은 신경이 곤두섰다.

'부엌이랑 한참 떨어진 곳일 텐데. 왜 이런 소리가 들리지? 처음 온 곳이라 내가 예민해졌나?'

장만은 손을 더듬어 지팡이를 찾았지만, 잡히질 않았다. 그때 혼자 다니지 말라던 덕수의 당부가 떠올랐다. 장만은 일어나려다 다시 자리에 앉았다.

"덕수야! 덕수야!"

그런데 어찌 된 영문인지 근처에 있겠다던 덕수가 답이 없었다. 대신 사람들의 목소리가 들렸다. 외침 소리, 누군가를 부르는 소리…. 주변의 웅성거림이 커지자 장만은 불안해졌다.

타닥대던 소리가 갑자기 확 커졌다. 장만은 자기도 모르게 고개를 돌렸다. 매캐한 냄새가 콧속으로 훅 밀려들었다.

"어어, 이게 뭐야? 불…?"

겁이 났다. 장만은 떨리는 손으로 땅바닥을 몇 번이나 휘저었다. 그런데 지팡이 대신 손끝에서 계속 지푸라기만 만져졌다.

"불이야. 불! 짚더미에서 불이 났어."

누군가의 목소리가 귓속을 찢듯 들려왔다. 그와 동시에 뜨거운 기운이 얼굴로 훅 밀려왔다. 장만은 너무 놀라 두 손으로 얼굴을 가렸다. 순식간에 연기가 목구멍으로 훅 빨려 들었다.

"컥컥. 덕, 덕수야!"

뜨거운 불길을 피해 뒤로 도망치려는 순간, 등 뒤에서 뭔가가 '쿵' 하고 부딪혔다. 벽이었다.

"저 일을 어째, 짚더미 속에 사람이 갇혔어."

그 소리에 놀라 팔이 허공을 휘저었다. 방향을 잃은 두 다리가 방향을 잃고 갈팡질팡했다.

"사… 사람 살려!"

악을 썼지만, 소리가 입 밖으로 터져 나오질 않았다. 장만은 바닥에 바짝 엎드려 손으로 맨바닥을 훑었다. 그때 뭔가가 오른쪽 어깨로 툭 떨어졌다. 그와 함께 몸을 홱 돌렸으나, 곧바로 무언가에 머리를 부딪쳤다.

"아앗!"

장만은 쓰러졌고 정신이 혼미했다. 그때 멀리서 덕수 목소리가 희미하게 들려왔다.

"살려 주세요! 앞 못 보는 저희 형이 저기 있어요."

"덕… 덕수야. 여기….”

입술은 움직이는데, 소리가 나지 않았다. 안간힘을 써도 눈꺼풀이 자꾸만 내려왔다. 장만은 기어코 정신을 잃고 말았다.

그렇게 얼마나 시간이 흐른 걸까? 장만의 눈꺼풀이 떨렸다. 동시에 역한 불 냄새와 함께 구역질이 났다.

"으음!"

손가락 끝에서 찬 기운이 느껴졌다. 그제야 장만은 질퍽한 땅바닥 위에 누워 있다는 걸 깨달았다.

'휴, 살았구나.'

긴 한숨이 목구멍을 타고 올라왔다. 그때 누군가가 장만의 몸을 거칠게 흔들었다.

"형! 형! 정신이 들어?"

덕수였다. 다행히 소리가 또렷했다. 그런데 어깨와 머리가 찢어질 듯 아파 왔다.

장만은 다리에 힘을 주며 천천히 발끝을 움직였다. 그리고 다시 손으로 몸을 이리저리 쓸며 불에 덴 흔적을 찾았다. 마지막으로 얼굴에 손을 갖다 댔을 때, 덕수가 손을 잡았다.

"형, 괜찮아. 어깨를 덴 거 말고는 다친 데는 없어. 살았어. 살았다고."

울음을 삼키는 덕수의 목소리가 흔들렸다. 그런데 그 말이 끝나자 잠잠하던 주변이 웅성대기 시작했다.

주위를 빙 에워싼 사람들의 입김이 느껴졌다. 구경거리가 됐을 걸 생각하니 장만은 얼른 몸을 일으키고 싶었다.

어지러워 빙빙 도는 머리를 억지로 들고 손바닥으로 바닥을 짚었다. 또 구역질이 났다.

"아이고 큰 잔치를 앞두고 이게 무슨 날벼락이야?"

"그러게 예빈시 관청을 홀랑 다 태워 먹을 뻔했구먼."

장만을 둘러싼 채 날카로운 말들이 오고 갔다. 분위기가 심상치 않았다. 장만은 자꾸만 몸을 움츠렸다.

'여길 빨리 빠져나가야겠어.'

장만은 덕수의 손을 꽉 잡았다. 그런데 뒤에서 험악한 소리가 날아들었다.

"누구야? 누가 앞도 못 보는 일꾼을 여기 들인 게야?"

순식간에 주위가 조용해졌다. 동시에 누군가가 빠른 걸음으로 오더니 거친 숨을 몰아쉬며 말했다.

"나리, 저놈 손재주가 그리 좋다고 동생이 입을 놀리는 바람에 그만…. 게다가 패랭이를 깊게 눌러써서 아예 눈이 먼 맹인인 줄 몰랐습니다요."

장만과 덕수를 들여보낸 사람이었다. 그 말에 관리의 목소리가 더 높아졌다.

"그걸 변명이라고 하는 게야? 큰 잔치를 앞두고 사람이 죽어 나갈 뻔했는데. 그건 그렇다 치고, 멀쩡한 짚더미에서 왜 불이 나?"

"저 어린놈이 불도 안 꺼진 숯을 옮기다가 짚더미 옆에서 넘어지는 바람에 불이 났다고 들었습니다."

"죄다 서투른 놈들만 데려왔구먼. 쯧쯧. 그럼 서둘러 불을 껐어야지. 옆에서는 다들 뭘 한 게야?

"외진 곳이라 주위엔 일꾼이 없었답니다. 게다가 저 어린놈이 혼이 날까 봐 말은 않고 혼자 물을 뜨러 간 사이에 불길이 번졌다지 뭡니까?"

난리 통에 혹시 책임이라도 물을까 봐 서로 발을 빼는 듯했다. 그런데 그때, 옆에서 울먹이는 소리가 들렸다.

"나리 억울합니다. 저는 조심조심 가고 있는데. 저 눈먼 놈이 갑자기 일어나면서 저를 쳤지요. 그 바람에 숯이 담긴 그릇을 놓쳐서 숯이 짚더미에 쏟아진 것입니다."

쇳소리가 나는 어린아이의 목소리였다. 덕수 또래인 듯했다. 그 말에 장만은 너무 놀라 소리를 지를 뻔했다. 숨소리 한번 내지 않고 듣고 있다가 '눈먼 놈'이란 말이 화살처럼 귀에 박히자 몸이 부르르 떨렸다.

자칫하면 불을 낸 범인으로 몰릴 판이었다. 정신을 똑바로 차려야 했다.

"나리, 제 몸에 뜨거운 숯 그릇이 닿았는데도 모를 리가 없습니다. 저놈이 거짓을 고하는 것입니다."

눈이 멀고 난 후, 감각은 더 예민해졌다. 덕수까지 나섰지만, 쇳소리는 계속 장만을 걸고넘어졌다.

"아닙니다. 나리, 저는 정말 억울합니다. 그럴 리가 없습니다."

장만도 덩달아 소리를 높였다. 이어 덕수가 나섰다.

"나리, 저희 형은 꼼짝없이 앉아 있었고, 오히려 불이 나서 죽을 뻔했습니다."

그런데 급해서 나온 덕수의 말이 당돌하게 느껴졌는지, 관리는 소리를 더 높였다.

"네가 맹인을 관청에 데려온 놈이냐? 그럼 넌 어디 있었기에 형을 못 구했단 말이냐? 불길 속에 갇힐 때까지 어디 있었어? 옆에 있었던 게 아니라며 꼼짝 않고 있던 건 어찌 알고 함부로 입을 놀려?"

관리가 불같이 화를 내는 바람에 덕수도 더는 말을 하지 못했다.

"어느 한 놈도 그냥 넘길 수 없다. 관청을 속이고 들어온 맹인 놈도 잘못이고, 불씨를 다루면서 조심을 안 한 놈도 잘못이고, 이놈들을 데려다 곤장을 쳐라.”

“네? 나리, 곤장이라니요. 살려 주십시오. 불길에서 겨우 목숨을 건졌는데….”

덕수가 울며 매달렸다. 하지만 관리는 아무런 대꾸도 하지 않고 자리를 떴다. 웅성대던 사람들이 빠져나가고, 누군가가 장만의 팔짱을 끼었다. 오금이 저려 몸을 제대로 일으킬 수가 없었다. 불길에 갇혀 죽음의 문턱까지 갔다가 겨우 목숨만 건졌는데, 또다시 곤장이라니.

‘철썩.’

묵직한 곤장이 장만의 볼기를 사정도 없이 내리쳤다. 꽉 깨문 이빨이 덜덜 떨렸다.

‘철썩.’

정신이 돌아올 사이도 없이, 곤장이 또 한 번 후려갈겼다. 장만은 순간, 머릿속이 뿌예지는 듯했다.

“살려주십시오. 나리. 형이 불을 지른 게 아니라니까요.”

덕수가 울며 매달렸다. 하지만 소용이 없었다.

“시끄럽다. 이놈. 썩 꺼지지 못해?”

억울했다. 하늘이 원망스러웠다.

‘철썩’ 소리와 함께 장만은 또다시 정신을 잃었다.

시간이 얼마나 지났을까? 울먹이는 덕수 목소리가 희미하게 들려왔다. 엎드린 채 누운 장만의 뺨이 눈물인지 땀인지 모를 축축함에 젖어 있었다. 장만은 손가락 끝에 힘을 주어 조금씩 움직였다. 불에 덴 어깨도, 곤장을 맞은 볼기짝도 모두 내 몸이 아닌 것 같았다.

"형, 괜찮아?"

대답할 기력도 없었다. 엎드린 채 고개를 끄덕이는 시늉만 해 보였다.

"그나마 천만다행이야. 뒤늦게라도 한 아주머니가 형이 한 짓이 아니라고 말해 주었기에 망정이지."

장만은 이게 무슨 소리인가 싶었다. 고개를 들 힘도 없이 얼굴만 옆으로 돌렸다.

"아니, 그 어린놈 말이야. 형한테 죄를 뒤집어씌운 그 나쁜 놈. 그 애가 짚더미에다 숯을 흘리는 걸 봤다고 나중에야 그 아주머니가 말을 하잖아. 그 바람에 형 매질이 멈춘 거야."

그 말에 눈물이 핑 돌았다. 뒤늦게야 말을 했다는 아주머니가 고맙기보다는 야속했다.

"그러니까 앞 못 보는 맹인이라고, 내 말은 아무도 안 믿는 게지."

장만은 혼잣말처럼 중얼거렸다.

덕수는 쓰러진 장만을 등에 업고 관청 대문을 빠져나왔다.

장만은 온몸에 힘이 빠져 팔다리가 자꾸만 축 늘어졌다. 손가락을 낀 덕수의 손이 계속 흘러내리는 엉덩이를 받쳐 올릴 때마다 '끄응' 소리가 났다. 그래도 다행인 건 덕수의 덩치가 장만보다는 훨씬 크다는 거였다. 두 살 차이 나는 동생이지만, 덕수는 어릴 때부터 장만보다 머리 하나는 더 있었다. 게다가 장만은 눈이 보이질 않으니, 상한 걸 먹거나 덜 익은 걸 먹는 경우도 많았다. 그러다 탈이 나니까 또 조심하게 되고, 몸은 늘 깡말라 있었다.

하지만 축 늘어진 몸은 버거운 듯했다. 덕수는 두어 걸음 걷다 멈추고, 다시 두어 걸음을 가고를 반복했다. 장만도 몸에 힘을 주려 애를 썼지만, 그럴수록 아픈 곳이 더 쑤시고 아프기만 했다.

덕수는 그 와중에도 분이 풀리지 않는지 계속 씩씩거렸다.

"너무해! 고된 일은 다 시켜 먹고 돈 한 푼 안 주다니. 내 품삯은 줘야지."

형이 그 난리를 겪는 바람에 동생까지 내쫓긴 것이 너무 미안했다.

"그나저나 아버지한테는 뭐라고 말하지? 형을 데려간 걸 알면 가만두지 않으실 텐데. 휴우!"

덕수의 긴 한숨이 업혀 있는 장만의 가슴까지 닿았다. 곤장을 맞은 엉덩이보다 가슴이 더 쓰라렸다.

암흑으로 변한 세상

"앞도 못 보는 형을 왜 데리고 나가? 겁도 없이!"

회초리에서 거친 바람 소리가 났다. 그 소리가 장만의 가슴을 후벼 팠다.

"잘못했어요. 아버지!"

덕수가 금방이라도 울음을 터뜨릴 듯했다. 가시방석이 따로 없었다.

관청에 같이 가고 싶다고 했을 때 덕수는 처음부터 딱 잘라 안된다고 했다.

'아버지가 사람 많은 곳엔 절대 형을 데려가지 말라고 하셨어.'

하지만 그 말이 들리지 않았다. 장만은 제힘으로 꼭 한 번 품삯을 받아 보고 싶었다. 위험하니 나다닐 생각 말라는 아버지의 말이 도리어 서럽게만 들렸다.

그런데 결국 사달이 나다니. 입이 열 개라도 할 말이 없었다. 공연히 덕수에게 폐만 끼쳤다는 생각이 들었다.

어릴 때부터 그랬다. 앞 못 보는 형을 챙겨야 하는 건 덕수였다. 집안일로 농사일로 바쁜 어른들을 대신해 덕수가 뒤를 쫓아다녔다. 그러다 장만이 다치기라도 하는 날엔 한눈을 팔았다며 혼이 났다. 그래도 덕수는 대들지 않고 꾹 참았다.

"덕수는 잘못 없어요. 제가 가겠다고 우긴 거예요."

장만의 말에 회초리의 바람 소리가 멎었다. 대신 아버지의 거친 숨소리가 들렸다.

"아버지, 덕수도 놀랐을 거예요. 제가 잘못되는 줄 알고요."

그 말에 덕수가 흐느끼기 시작했다.

'형을 구하겠다고 동생이 얼마나 뛰어다닌 줄 알아? 앞이 안 보이면 집에 있을 게지. 동생한테 저 고생을 시키고. 쯧쯧'

곤장을 맞고 덕수 등에 업혀 관청을 나오던 그때, 누군가 뱉은 말이었다. 집으로 오는 내내 그 말이 송곳이 되어 장만의 가슴을 찔러 댔다.

회초리가 '툭' 하고 바닥으로 떨어지는 소리가 들렸다. 무거운 적막이 또 한 번 방 안을 채웠다. 아버지는 그대로 방문을 열고 밖으로 나가 버렸다. 동시에 덕수의 흐느낌이 숨이 넘어갈 듯한 통곡으로 변했다.

'미안하다. 덕수야.'

뱉어내지 못한 말이 계속 입에서 맴돌았다. 장만은 구석으로 가서 엎드렸다. 그리고 이불을 뒤집어썼다.

'가지 말았어야 했는데, 괜히 떼를 써서….'

후회스러웠다. 형 노릇은커녕 덕수에게 못 할 짓만 한 것 같았다. 곤장을 맞은 엉덩이도 아프고, 덕수의 서러운 통곡에 가슴도 저려서 도저히 눈을 붙일 수가 없었다.

한참이나 꺽꺽대던 덕수의 숨소리가 조금씩 잦아들었다. 그때쯤 장만도 엎드린 채 설핏 잠이 들었던 모양이었다. 방문 여는 소리에 장만은 잠에서 깼다. 찬 밤공기와 함께 들큼한 술 냄새가 코를 찔렀다.

"자냐?"

장만은 대답 대신 아버지 쪽으로 몸을 돌렸다.

거칠고 뭉툭한 손이 웃옷의 어깨 부분에 닿았다. 아버지가 옷을 살짝 내려 불에 덴 상처에 축축한 천을 얹었다. 토란 향이 확 느껴졌다.

장만은 어머니 생각에 갑자기 코끝이 찡해졌다. 넘어지고 깨져서 생채기가 날 때마다 어머니는 토란즙을 묻힌 천을 얹어 주었다.

"뭣 하러 가서 이런 몹쓸 일을 겪고 와? 그냥 집에 있지 않고."

술기운에 아버지의 말이 늘어졌다.

"미안해서요."

"미안하긴 뭐가?"

"덕수도 만날 살림에 보탠다고 열심히 일하는데, 저만 가만있기가…."

진짜 그랬다. 쌀독이 비었다는 소리에도, 일거리가 줄었다는 아버지의 말에도 장만은 마음이 무거웠다. 제힘으로 돈을 벌어 살림에 보태고 싶었다. 생선 한 마리라도 사서 밥상에 올리고 싶었지만, 그건 늘 꿈이었다.

"누가 너 보고 살림 걱정하라고 했냐?"

아버지의 목소리가 싸늘했다. 아버지 딴에는 생각해서 하는 말일 수도 있지만, 장만은 그 말이 더 야속하게 느껴졌다.

"사람 구실 하려면 저도 나가서 일도 배우고 해야지요."

장만의 말에 아버지가 무거운 한숨을 뱉어 내며 말했다.

"휴, 아서라. 네가 성하면 모를까. 오늘처럼 다치면 네 동생도, 나도, 더 힘들다."

무거운 돌덩이가 가슴을 누르는 듯했다. 가족이 더 힘들어진다는 말은 늘 장만의 발목을 잡았다.

태어날 땐 장만도 여느 아이 못지않게 건강했다. 그런데 일곱 살이 되던 해 겨울, 세상이 등불 꺼진 암흑으로 변해 버렸다. 그날의 기억이 떠오를 때면 장만은 몹쓸 악몽에 시달린 사람처럼 식은땀을 흘렸다.

그해 겨울은 유난히 추웠다. 어느 날 저녁, 밥을 먹고 누운 장만의 몸에서 점점 열이 올랐다. 순식간에 불덩이가 된 몸을 벗겨 놓고 어머니는 찬 수건으로 쉴 새 없이 몸을 닦아 댔지만, 열은 내리지도 않고 며칠이나 장만을 괴롭혔다.

"이러다 멀쩡한 아들 잡는 거 아니요?"

어머니는 발을 동동 굴렀다. 보다 못한 아버지가 나서서 탕약을 구해 왔지만, 장만은 한 모금도 삼키지 못하고 토해 버렸다.

그렇게 꼬박 닷새를 앓자, 눈에 헛것이 보이기 시작했다. 이대로 죽는구나 싶었다. 열흘째 되던 날, 잠에서 깬 몸이 이상하리만치 가벼웠다.

"장만이 아버지! 열이 내렸어요. 애가 살았다고요."

어머니의 목소리가 또렷이 들렸다. 손가락 하나 움직일 힘도 없던 몸에서 조금씩 기운이 돌았다. 서서히 몸을 일으키려고 했다. 그런데 무언가 이상했다. 방 안이 너무 깜깜해서 아무것도 보이질 않았다.

"어머니, 방이 왜 이리 어두워요?"

그때 어머니의 목소리가 들렸다.

"애가 아직 잠이 덜 깼나? 아침 해가 저리 밝은데 뭐가 어둡다는 거야?"

아침이라니, 꿈을 꾸나 싶었다. 장만은 눈을 비비고 다시 감았던 눈을 떴다. 그래도 방 안이 어두웠다.

"어머니! 어… 머니!"

귀신에라도 홀린 걸까? 장만은 자리에서 일어나 허공에 대고 손을 마구 휘저었다. 그 순간, 뜨거운 죽이 허벅지 위로 쏟아졌다.

"앗, 뜨거워!"

어머니가 놀라 어깨를 흔들었다.

"애가 왜 이래? 정신 차려! 애가 못 먹어서 헛것이 보이나?"

아니었다. 도리어 헛것이라도 보였으면 했지만, 아무것도 보이지 않았다. 분명 눈을 뜨고 있는데도 한 치 앞이 보이지 않았다.

"깜깜해요. 어머니. 깜깜…."

"정신 차려! 제발 정신 차리라고!"

그 소리를 끝으로 장만은 다시 정신을 잃었다. 그 후로는 영영 세상의 빛을 보지 못했다. 암흑으로 변한 세상은 지옥이었다.

혼자서는 한 발짝도 떼지 않고 먹지도 않았다. 어머니는 밤마다 장만을 붙들고 울었다. '불쌍한 놈'이란 말도 지겹게 들었다.

그렇게 악몽 같은 한 달이 지났을 때였다. 밥상머리에 앉았던 아버지가 버럭 소리를 질렀다.

"이럴 테야? 언제까지 이렇게 떠먹일 거냐고?"

그 소리에 놀란 장만은 씹던 밥을 게워 냈다. 어머니도 한참 동안 말이 없었다. 그러고는 조용히 장만의 손에 숟가락을 쥐여 주었다.

"장만아, 서러워 마라. 이제는 혼자 해야 해."

장만의 눈에서도 눈물이 뚝 떨어졌다. 그 후, 밥공기가 몇 번이나 상 아래를 뒹굴었다. 국그릇을 손에서 놓쳐 윗도리를 다 버리는 날도 많았다. 장만은 소리도 질러 보고 울어도 봤지만, 소용이 없었다. 혼자 해야 할 일이었다. 낮은 문턱을 넘다가도 무릎이 수십 번은 깨졌고, 지팡이를 짚으며 계단을 내려갈 때도 발목을 몇 번이나 접질렸다. 하지만 보이지 않는 세상에서 홀로 서는 연습을 해야 했다.

　"가자. 네 밥벌이는 해야지."

　어느 날, 어머니가 다부지게 말했다. 그러고는 장만의 손을 끌고 아랫마을 한약방으로 갔다. 어머니는 한약방에서 일하는 먼 친척뻘 되는 아저씨에게 다짜고짜 '약 달이는 법을 가르쳐 달라', '침술을 알려 달라'며 매달렸다.

　아저씨는 처음에는 맹인에게 그런 걸 어떻게 가르치냐며 화를 내고 거의 쫓아내다시피 했다. 장만은 어린 마음에 창피하기도 하고 속상하기도 했지만, 어머니는 포기하지 않았다. 한약방의 온갖 허드렛일을 다 해 주며 하나만 가르쳐 달라고 했고, 문턱이 닳도록 찾아갔다. 그런 어머니가 불쌍했는지 결국 한약방 어른이 한 번씩 선심 쓰듯 혈 자리도 알려 주고 간단한 침술을 알려 주었다.

　'고놈, 눈이 안 보여서 그런가? 그래도 손의 감각은 예사롭지 않구먼. 머리도 영특하고.'

　장만은 가끔 듣는 칭찬이 낯설었지만, 좋았다. 처음엔 구걸하듯 배우는 것이 속상했는데, 시간이 지날수록 무언가를 배울 수 있다는 것에 감사했다. 하지만 그것도 열흘에 사나흘, 그 먼 거리를 걸어서 데려다주고 가는 어머니가 있어서 가능한 일이었다.

　그렇게 한 해 두 해가 흘러갔다. 그리고 저녁 바람이 유난히 차갑던 어느 날이었다. 어머니는 장만의 손을 꼭 쥐며 말했다.

　"얼마 전에, 한양에서 내려오는 왕의 행차를 맹인들이 나서서 막았다더구나. 먹고 살길이 너무 막막하니 나라에서 곡식이라도 내려 달라고 말이다."

　그 말을 하며 어머니는 깊은 한숨을 내쉬었다. 죽어라 농사를 짓고도, 가뭄이다 장마다 해서 거둘 것이 없는 농사꾼이 얼마며 종일 시장에 나가 물건을 내다 팔아도 손에 쥐는 돈이 없어서 배를 굶는 사람이 얼마냐며 어머니는 장만의 앞날을 걱정했다.

　그런데 한약방 일에 재주를 보이는 장만을 보자 어머니는 신이 나서 아예 소매를 걷어붙였다. '배운 대로 맥을 짚어 봐라. 침도 한번 놓아 보라' 하며 어머니는 시도 때도 없이 팔뚝을 내밀었다. 나중에야 들은 말이지만, 그때는 어머니 팔뚝에 피멍 빠질 날이 없었다고 했다. 하지만 그런 어머니 덕에 장만은 몇 달이 지나지 않아 약을 달이는 일도 혼자 척척하고, 체기를 내리는 침 정도는 곧잘 놓았다. 소문을 듣고 사정이 급한 이웃 어르신들이 장만을 찾아오는 일도 생겼다. 간간이 찾아오는 이웃도 생기고 이 일로 밥벌이를 할 수 있겠다는 자신감도 생겼다.

하지만 장만이 열 살이 되던 해, 어머니가 갑자기 세상을 떠나고 엎친 데 덮친 격으로 아버지가 소작 부치던 땅을 빼앗기면서 모든 게 수포로 돌아갔다. 먹을 것이 없어서 겉보리와 풀뿌리 달인 물로 몇 달을 버티던 아버지는 결국 고향을 떠났고 장만 역시 미처 배우지 못한 한약방 일도 거기서 연이 끊기고 말았다.

장만에게 한양살이는 또 하나의 고비였다. 손으로 짚지 않고도 마음껏 다닐 수 있던 고향집과는 모든 게 달랐다. 대문 밖을 나서도 장만의 사정을 뻔히 아는 동네 사람들이 있어서 걱정 없이 나다닐 수 있던 고향과도 달랐다. 새로운 집, 새로운 길을 익히기 위해 장만은 또 수없이 넘어지고 깨졌다. 그렇게 딱 석 달을 고생한 끝에 장만은 대문 밖으로 나올 수 있었다. 하지만 겨우 배웠던 한약방 일은 다시 시작할 엄두가 나질 않았다. 여기저기 사정 이야기를 하며 다녀 보아도 오히려 어떻게 맹인에게 침을 맡기겠냐며 절레절레 고개를 저었다. 어쩔 수 없이 소일거리라도 얻으려 기웃대면 걸인 취급을 당했다. 쫓겨날 때 온갖 험한 소리나 듣지 않으면 다행이었다.

상처에 붙인 천을 만지작거리며 장만이 물었다.

"아버지, 저희 고향으로 가면 안 돼요?"

대답을 뻔히 알지만, 그래도 묻고 싶었다. 대답 대신 아버지의 긴 한숨이 돌아왔다.

장만은 다시 벽 쪽으로 가서 누웠다. 그리고 눈을 감았다.

하늘을 여는 소리

"덕수 애비 집에 있지?"

아침부터 쩌렁쩌렁한 목소리가 담을 넘었다. 아랫집 칠수 아저씨였다.

"아저씨는 아침부터 뭐가 그리 좋아요?"

덕수의 시큰둥한 말투에 아저씨도 뭔가 눈치를 챘는지 조용히 물었다.

"집 공기가 왜 이리 무거워? 무슨 일이라도 있었냐?"

장만이 다친 그날 이후로 아버지는 거의 말이 없었다. 눈치를 보느라 덕수도 숨죽여 지냈고, 집 안에서는 웃음소리 한 번 나질 않았다. 방 안에 있던 아버지가 빠끔히 문을 열었다.

"아침부터 어쩐 일이야?"

"무슨 일인지 몰라도 이 집 사람들 얼굴이 다 죽을상이네. 오늘 좋은 구경들 시켜 줄 테니 나가 보자고."

"구경은 무슨 구경이야! 일거리도 없는 날이라 잠이나 실컷 자려던 참인데."

"아저씨, 동네에 광대들이라도 왔어요?"

퉁명스러운 아버지와 달리 덕수가 호기심 가득한 소리로 물었다.

"허허, 어디 광대에 비할까? 서대문 앞에서 큰 기우제가 열린다잖아."

"기우제요?"

"그래. 동네 사람들이 다 몰려갔는데 어째 이 집 식구들만 몰라? 소식통이 먹통이라니까."

"에이 난 또 뭐라고요. 기우제야 시골에서도 일 년에 몇 번씩은 하는 건데. 그게 무슨 구경이에요?"

잔뜩 기대한 탓인지 덕수가 심드렁하게 말했다. 장만도 맥이 풀렸다.

"덕수야, 네가 본 게 설마 왕과 왕비가 행차하는 기우제는 아니지?"

아저씨는 놀리는 듯 실실 웃으며 물었다.

"왕이요? 저 궁궐에 사는…?"

흥분한 덕수가 말까지 더듬자 아저씨가 귀엽다는 듯 웃었다.

"허허허. 딴소리 말고 얼른 가자!"

그러자 덕수가 냉큼 장만의 손목을 잡았다.

"형. 가 보자. 우리가 언제 이런 구경을 해?"

장만은 멈칫했다. 사람 많은 곳엔 갈 생각도 말라던 아버지 말이 떠올라서였다. 그런데 아버지가 먼저 나서며 말했다.

"장만아, 가자. 바람도 쐴 겸."

아버지도 지난 일이 신경 쓰였는지 한마디를 덧붙였다.

"어른이 둘이나 가니 위험한 일도 없을 테고…."

그 말에 장만도 슬쩍 몸을 일으켰다. 왕의 행차라니. 상상만으로도 설렜다.

한참을 걷자 사람들의 웅성거림과 악기 소리가 크게 들리기 시작했다.

"형, 거의 다 왔어. 와! 어마어마하네. 한양 사람이 다 온 것 같네."

장만은 머리가 어지러웠다. 그날 놀란 기억이 몸에 남은 것 같았다. 그런데 그때 악기 소리가 잦아들었다. 동시에 웅성대는 목소리도 사라졌다.

'뿌우우.'

웅장한 나팔 소리와 함께 거대한 움직임이 느껴졌다.

"형, 엎드려. 임금님 행차야."

장만은 최대한 몸을 낮춰 바닥에 엎드렸다. 처음 느껴 보는 기분이었다.

"형, 진짜 장관이야. 임금님 행차를 직접 보다니 믿기질 않아."

덕수의 설렘과 떨림이 느껴졌다. 그러더니 '왕은 무슨 색 옷을 입고 있다. 뒤를 따르는 관리가 얼마다' 하며 덕수는 쉴 새 없이 조잘거렸다. 장만은 그 모습을 머릿속에 하나하나 그려 갔다. 그 말을 듣고 있자니 모든 게 새로웠다. 소나무 가지를 들고 동네 한 바퀴를 휘돌던 고향의 기우제와는 분명 차원이 달랐다.

그런데 그때였다. 맑고 신비로운 경쇠 소리가 허공에 퍼졌다. 뿌연 연기를 걷어 내는 차가운 바람처럼 주위의 잡음이 순식간에 걷혀 나갔다.

'딩! 딩! 딩!'

향현변복 삼천계 정현능가 팔만물 유원상불 대자비 문차심형인법회[*]

낮고 묵직한 소리였다. 어디선가 들어 본 듯하면서도 낯설었다. 장만의 모든 신경이 그 소리를 향했다.

잔잔한 샘물에 돌멩이 하나가 떨어져 파장을 일으키는 것 같았다. 소리는 순식간에 주위로 퍼져 나갔다. 물결은 점점 힘차게 뻗어 나가서 세상의 모든 소리를 사라지게 했다. 정확한 뜻도 알 수 없는 소리가 장만의 귀를 사로잡고, 가슴을 먹먹하게 만들었다.

---

[*] 〈분향진언〉. 향을 피우며 외는 경문.

'지금껏 들어 본 소리와 분명히 달라.'

무당이 굿을 하기 전에 외는 주문이나 스님의 불경과도 비슷한 것 같았다. 장만은 다시 정신을 집중했다. 그런데 그런 소리와는 또 분명 무언가가 달랐다.

'둥둥둥둥!'

북소리 장단과 함께 하나의 목소리가 다시 여럿으로 나뉘었다. 마치 한 입으로 읽고 있는 것 같은데도 목소리는 대여섯 사람의 것이었다. 장단이 느려졌다 빨라졌다 반복하며 장만의 귀를 사로잡았다. 소리가 온몸을 휘감고 돌았다. 장만은 마치 다른 세상에 와 있는 것만 같았다.

"형, 형!"

그때 덕수가 장만의 팔을 잡고 요란하게 흔들었다

"맹인이야. 저 소리를 하는 사람들이 모두 맹인이라고."

숨죽여 듣고 있던 장만이 놀라 되물었다.

"뭐? 매… 맹인?"

덕수의 말이 믿기질 않았다.

산가지를 들고 이 동네 저 동네를 떠돌며 점을 치거나 경문을 외는 맹인이 있다는 것은 알았지만, 왕과 왕비가 행차한 기우제에 맹인이라니. 그럼 저 소리가 독경? 그것도 한 명이 아니라 여러 명이 함께하는 독경이라니. 장만은 몸에 소름이 돋았다.

그런데 옆에서 덕수가 더 흥분하며 말했다.

"형, 진짜야! 그리고 맹인들이 관복을 입고 있어. 색깔도 다른 걸 보니 관직이 나뉘어 있다는 거잖아."

장만은 그 말을 듣는 순간, 몸이 떨렸다. 맹인에게 관직이라니. 믿기질 않았다. 아무리 사람 살기 좋은 한양이라지만, 믿을 수 없는 말이었다. 그때 옆에서 누군가 끼어들었다.

"기우제를 올리는데 이렇게 소란스러워서야 쓰나?"

낯선 사람의 목소리였다.

"헤헤헤, 제가 흥분해서 그만⋯."

멋쩍을 때 나오는 덕수 특유의 웃음이었다. 그러자 아저씨의 목소리도 부드러워졌다.

"저 명통시 사람들을 처음 보는 모양이네?"

장만은 처음 듣는 낯선 이름에 되물었다.

"명통시요?"

"그래. 명통시! 아하, 그러고 보니 자네도 맹인이구먼?"

맹인이란 소리에 장만은 저도 모르게 몸을 움츠렸지만 아저씨는 전혀 개의치 않는 눈치였다. 소란스럽게 굴지 말라더니, 오히려 아는 걸 드러내고 싶어 안달이 난 사람처럼 떠들었다.

"맹인이면 진작 한번은 들어봤을 텐데. 명통시가 저기 저 산 아래 있다지. 거기서 맹인들이 독경 실력이 있으면 기우제 같은 나랏 일에도 불려 다닌다던데. 궁궐에도 드나들고 말이야."

"궁궐이요?"

"그래. 궁궐! 나라에서 관청도 마련해 주고, 독경사들에게 관직도 주고, 맹인끼리 지내기 불편하다고 노비도 붙여 준다더구먼."

그 말에 장만은 가슴이 설렜다. 막연히 꿈에서나 그렸던 세상이 여기에 있다니. 맹인도 관청에 들어가 관직을 얻을 수 있고, 그렇다면 나라에서 주는 쌀과 베를 얻을 수 있다는 것인데. 거기까지 생각이 닿자 손이 떨렸다. 장만은 기회를 놓칠 수가 없었다.

"어르신, 그럼 그 명통시라는 곳엔 어떻게 들어간답니까?"

장만이 너무 들이댄 탓인지 아저씨가 되레 주춤 물러나며 말했다.

"그것까지는 나도 잘 모르지. 나도 주워들은 이야기라. 허허허."

아저씨는 멋쩍은 웃음소리를 내며 말을 이었다.

"여하튼 사대문에 무당이며 스님은 아예 들어오지도 못하잖아. 그래서 맹인 독경사가 더 귀한 대접을 받는다는 소리는 진작부터 들었지."

장만은 가슴이 떨렸다. 어둠 속에서 희미하게나마 한 줄기 희망이 보이는 듯했다.

"어른, 그 관의 명칭이 '명통시'라 하셨지요?"

"그래. '밝을 명'에 '통할 통' 자를 쓸 거야. '밝음으로 통한다.' 그 이름도 멋지지 않나? 허허."

어른은 제법 배운 사람인 듯 한자로 이름까지 풀어 주었다.

장만은 속으로 몇 번이나 이름을 되뇌었다.

'명통시.'

그때 또다시 장만의 귀에 소리가 들리기 시작했다.

'글도 못 보는 맹인들이 저렇게 긴 경문을 어떻게 다 외는 걸까?'

엇나간 소리를 내는 사람이 없었다. 얼마나 연습을 했을지가 고스란히 느껴졌다. 그래서 그 울림이 더 깊은 걸까? 자꾸만 가슴이 방망이질 쳤다. 그런데 그때였다. 가느다란 빗방울이 장만의 얼굴로 떨어졌다.

"와! 비다. 비가 내린다."

"기우제에 비라니! 하늘 문이 제대로 열렸구나."

박수와 함께 함성이 주위를 가득 메웠다. 장만은 하늘을 향해 손바닥을 활짝 폈다. 차가운 빗방울이 와 닿는 순간, 겨우내 얼었던 땅을 녹이는 봄비처럼 장만의 몸에 생기가 돌았다. 오랜만에 환한 웃음이 얼굴 가득 번졌다.

귀인

기우제를 다녀온 후 독경 소리가 장만의 귓가에 맴돌았다. 분명 오며 가며 들었던 독경은 그렇지 않았다.

'이유가 뭘까? 대체 독경이라는 게 무엇이기에 사람의 마음을 이렇게까지 흔드는 것일까?'

장만은 일을 하다가도, 밥을 먹다가도 기우제에서 들었던 소리를 떠올렸다. 그럴 때면 어디에선가 희미하게 독경 소리가 들리는 것만 같았다. 그러면 이상하게도 마음이 편안해졌다. 실타래처럼 기분이 엉켜 버린 날도 장만은 독경을 떠올렸다. 그러다 문득 떠오르는 구절 하나를 속으로 중얼거렸다.

'맹인이 경문을 외려면 얼마나 애를 쓰고 배워야 할까? 그것도 혼자가 아닌 여럿이서, 소리가 흐트러짐 하나 없이 딱 맞으려면 그것은 또 얼마나 어려울까? 수년이 걸리겠지? 과연 나 같은 사람도

할 수는 있을까?'

꼬리를 물던 생각이 거기까지 닿았을 때, 장만은 고개를 흔들었다.

'관복이란 말에 홀린 거지. 내 주제에 무슨 독경이야?'

그러고는 다시 짚을 꼬았다. 하지만 얼마 지나지 않아 장만의 머릿속은 또 독경으로 가득 찼다. 관복을 입고 수많은 사람 앞에 서서 독경을 하는 모습, 그 앞으로 쭉 늘어선 수많은 관리, 장만의 몸에 또 한 번 소름이 돋았다. 하지만 거기서 끝이 아니었다. 나라에서 받아온 쌀로 아버지와 덕수에게 기름 좔좔 흐르는 저녁밥과 고기반찬을 먹일 생각을 하니, 장만은 또 울컥했다.

돈을 벌고 싶었다. 벌이가 되는 일이라면 뭐든 하고 싶었다. 그럼 아버지의, 덕수의 어깨가 조금은 가벼워지지 않을까? 뼈 빠지게 일하고도 먹을 게 없어 겉보리 조금으로 버텨야 하는 날도 줄어들지 모른다. 남의 집 일을 다니느라 힘들어서 앓는 덕수에게도 보탬이 되지 않을까? 게다가 독경을 잘해서 관직까지 얻게 된다면 얼마나 좋을까?

거기까지 생각했을 때였다. 장만의 머릿속에 옛 기억 하나가 떠올랐다.

어머니랑 장에 갈 때마다 장만은 소리꾼 앞에서 발을 멈췄다. 북 장단에 맞춰 신나게 벌이는 판소리 한 판에 시간 가는 줄을 몰랐다. 그러고는 집에 와서 곧잘 흉내를 내면 어머니는 '너는 어찌 이리 귀도 밝고, 영특하냐? 우리 장만이도 소리꾼이 되면 좋으련만, 장단도 기가 막히게 익히는구나' 하며 좋아했다.

하지만 어느 날이었다. 소리꾼 흉내를 내는 장만을 두고, 아버지는 어머니에게 버럭 소리를 질렀다.

"자네는 눈먼 소리꾼을 봤는가? 제발 애 붙잡고 헛소리 말아."

장만은 그 뒤로 다시는 소리를 하지 않았다.

'하지만 맹인 독경이라면…?'

그 생각과 동시에 아버지 얼굴이 떠올랐다. 그리고 얼마 전 덕수의 종아리를 후려치던 회초리 소리도 귓가를 울렸다. '돌아다니다 다치면 가족이 더 힘들어.' 야속하지만 맹인을 아들로 둔 아버지가 못할 말도 아니었다.

'아버지는 독경이라는 말에 또 머리부터 내젓겠지?' 생각이 거기까지 닿자 장만은 그냥 자리에 주저앉았다. 그러고는 새끼를 꼬았다. 머리가 복잡할 땐, 일에 매달리는 게 나았다.

장만은 종일 마당 한구석에 앉아 짚신을 만들고, 바구니를 엮었다. 손가락 마디마디가 다 굳은살이었다. 하지만 명통시에 대한 생각은 쉬이 사라지지 않았다. 며칠을 벼르고 벼른 끝에 장만은 힘들게 입을 열었다.

"아버지. 저… 명통시라는 곳에 한번 다녀오면 안 될까요?"

밥상에 앉은 아버지는 숟가락을 툭 내려놓았다. 그러고는 밥상을 치울 때까지 아무런 말이 없었다. 예상은 했지만, 장만은 기운이 빠졌다.

다시 부엌으로 나가 새끼를 꼬았다. 늘 하던 일인데 손에 잡히질 않았다. 새끼를 꼬다 말고 멍하니 하늘을 쳐다보곤 했다. 물론 하늘이 맑은지 흐린지 알 길이 없었지만. 그런 장만에게 아버지가 다가왔다.

"독경사가 얼마나 힘든 길일지 생각해 봤냐?"

갑작스러운 아버지의 말에 머릿속이 멍해졌다.

"요새 밥도 먹는 둥 마는 둥 하고. 얼굴도 어둡고. 그게 다 명통시 때문이냐?"

장만은 말문이 턱 막혔다. 아버지가 눈치채고 있으리란 생각은 하지 못했다.

"아니에요. 아버지."

장만의 목소리가 기어들었다.

"명통시에 간다고 아무나 독경을 배울 수 있는 건 아니라더라. 함부로 사람을 들이는 곳도 아니고. 관직을 얻는 게 어디 한두 해에 되는 일도 아니고"

장만의 생각을 꿰뚫고 있는 듯했다. 하지만 아버지 말에 눈물이 핑 돌았다. 무심하다고 생각했는데, 아버지도 명통시에 대해 알아본 모양이었다. 이어진 뒷말에 장만은 더 할 말이 없었다.

"나랑 덕수가 네 밥은 굶기지 않을 테니, 너는 네 몸이나 챙겨."

기운이 빠졌다. 장만이 듣고 싶은 말은 그게 아니었다. 밥을 먹어서 배를 채우는 일이 전부가 아니었다. 맹인이란 이유로 매일 새끼를 꼬며 집에 틀어박혀 있어야 하는 건가? 언제까지? 생각만 해도 답답해서 미칠 노릇이었다.

"그럼, 저는 죽을 때까지 집에서 새끼만 꼬아야 해요?"

참았던 말이 목구멍을 치고 올라왔다. 가쁜 숨소리에 울음까지 섞여 나왔다.

"지금… 뭐라고 했냐?"

아버지의 거친 숨이 장만의 얼굴까지 와 닿았다.

생전 대든 적 한번 없었는데, 이런 말을 하다니. 아버지는 기가 막히는지 한동안 말없이 가쁜 숨만 몰아쉬었다. 하지만 아버지의 기분까지 살필 여력이 없었다. 장만은 아버지 옆을 피하지 않고, 제자리에 가만히 서 있었다. 가슴이 마치 불에 덴 것처럼 화끈거렸다. 크게 화를 낼 줄 알았던 아버지가 갑자기 깊은 한숨을 토해 내더니 입을 열었다.

"어휴, 저렇게 겁이 없으니까 만날 저런 꼴을 당하지. 만날 덤비기만 하고…."

어릴 때부터 그랬다. 장만은 궁금한 게 많고 해 보고 싶은 것도 많았다. 아버지는 그게 불만이었다. '얌전히 있으면 다치지나 않을 텐데'라는 말을 입버릇처럼 뱉었다. 장만도 잘 알고 있었다. 맹인이 할 수 있는 일에는 분명한 선이 있다는 것을….

"아버지, 힘들어도 해 보고 싶… 어요."

간절한 마음이었다. 그래서 목소리가 더 떨렸다. 그 말에 아버지는 또 한참 말이 없었다. 후회가 밀려왔다. 한참 만에 자리를 털고 일어나는 아버지가 무겁게 한마디를 던졌다.

"덕수에게 말해서 한번 다녀와. 서두르지는 말고."

"네?"

"들었으면서 뭘 되물어?"

무뚝뚝한 답이었지만 분명한 허락이었다.

"아버지…."

장만은 뒷말을 잇지 못했다. 그렇게 바라던 일이어서 더 꿈만 같았다. 장만은 아버지가 밖으로 나가는 문소리를 들으며 멍하니 서 있었다.

이튿날, 눈을 뜨자마자 장만은 덕수를 깨워 길을 나섰다. 아버지의 마음이 바뀌기 전에 다녀와야 했다.

"형, 진짜 독경을 배워 보겠다는 거야?"

마을 입구를 다 빠져나올 때쯤 덕수가 물었다. 어젯밤 늦게까지 남의 집 일을 하고 돌아온 덕수의 목소리는 피곤에 절어 있었다. 눈치가 보여 장만은 선뜻 답을 하지 못했다.

낯선 곳을 가려면 꼭 동행해 주는 이가 있어야 했다. 그게 늘 덕수다 보니, 새로운 곳을 가려면 먼저 덕수의 눈치를 살폈다. 그걸 알아서 싫은 내색하지 않으려고 애쓰는 착한 동생인 걸 알지만, 그래도 장만은 늘 마음이 쓰였다. 형의 욕심이 덕수에겐 큰 부담이라는 걸 누구보다 잘 알았다.

"한 번은 꼭 보고 싶었어. 명통시가 어떤 곳인지, 또 맹인 독경은 어떻게 배울 수 있는지도 알고 싶고."

미안한 마음에 목소리가 작아졌다. 그런 형의 마음을 눈치챘는지, 덕수가 어깨를 툭 치며 말했다.

"그럼, 그럼, 가 봐야지. 이 한양 바닥에 맹인을 위한 곳이 있다는데. 암 가 봐야 하고말고."

장난기 섞인 덕수의 말투에 어려웠던 마음이 조금은 녹아내렸다. 발걸음도 한결 가벼워졌다. 그렇게 한참을 걸었을 때, 덕수가 소리쳤다.

"형, 여기야. 다 온 것 같아."

바쁘게 내딛던 덕수의 발이 멈췄는데, 주위에선 아무런 소리도 들리지 않았다. 관청 앞이라고 하기엔 지나다니는 사람의 발소리 하나 들리지 않는 게 이상했다.

"덕수야. 우리 잘못 온 건 아니겠지?"

조바심이 나서 덕수를 채근했다.

"아니야. 내가 오면서 몇 번을 물었는데. 여기가 맞아."

덕수는 장만을 세워 놓고 잠시 주변을 살피고 돌아왔다.

"형, 창문도 다 나무로 덧대 놓고. 문도 다 걸어 잠가 놨어. 안에는 빛 하나 안 들겠는데?"

덕수는 신기하다는 듯 말했다. 하지만 장만은 답답했다. 안의 사정을 도통 알 수가 없었다. 장만은 덕수의 도움을 받아 대문 가까이 귀를 갖다 댔다. 하지만 아무런 기척도 없었다.

"독경을 배우는 곳이라 그런가?"

"형, 그냥 가야 하나?"

그 말에 장만은 대문 앞으로 가서 '쿵쿵!' 문을 두드렸다. 어떻게 온 길인데, 이대로 돌아갈 수 없었다. 그때, 고함이 들렸다.

"너희들! 뭐 하는 게야? 거기서 소란을 피우면 끌려갈 수도 있어."

그 말에 놀라 장만은 대문 뒤로 물러났다. 대문 안이 아니라 장만의 뒤편에서 들리는 목소리였다.

"무슨 일인지 모르지만, 얼른 가. 독경하는 신성한 곳에서 그리 크게 문을 두드리면 쓰나?"

상만은 반가운 마음에 아저씨에게 다가가 물었다.

"어른, 명통시의 사정을 아십니까? 이 안에 들어가 보고 싶은데요."

"글쎄다. 나도 이 근방에 살지만, 여기 사람 드나드는 건 거의 못 봤어. 매달 초하루에 맹인들이 모여 독경을 한다는 소리는 들어 봤지만."

"초하루요?"

초하루면 20여 일도 넘게 남았다 싶으니 장만은 다리에 힘이 쭉 빠졌다.

"형, 가자! 곧 날도 어둑어둑해지겠어. 배도 고프고."

덕수도 지쳤는지 돌아가자며 손을 끌었다. 점심시간이 한참 지나도록 물 한 모금 마시지 못했으니 지칠 만도 했다. 장만은 대문 앞을 몇 번이나 서성이다 덕수에게 말했다.

"가자."

돌아가는 길이 더 멀게 느껴졌다.

"형, 배고프지 않아?"

어디선가 국밥 냄새가 코를 찔렀다. 그 바람에 주린 배가 더 요동쳤다.

"형, 주막에서 뭐 좀 먹고 가자! 배가 너무 고파."

덕수는 장만의 손을 끌었다. 아침에 아버지가 챙겨 준 엽전 두 닢이 바지춤에서 달그랑거렸다.

둘은 구석진 평상에 앉았다. 늦은 오후라 손님이 없는지 주막 안은 조용했다.

주문하자마자 국밥 두 그릇이 상 위에 올려졌다. 국밥의 뜨거운 김이 얼굴로 훅 밀려 왔다. 따끈한 국물을 휘휘 저어 한 숟갈 크게 입으로 떠 넣으려는 순간, 갑자기 뒤에서 큰 소리가 들렸다.

"아씨, 괜찮아요? 정신 차려 봐요! 아씨!"

주문을 받던 주모의 목소리였다.

"도와주세요. 여기 사람이 쓰러졌어요."

조용하던 주막 안이 갑자기 술렁거렸다. 앞에 있던 덕수가 일어서며 말했다.

"형, 저기 여자아이가 쓰러졌어."

"덕수야. 가만있어."

그런데 이미 덕수는 앞에 없었다. 장만은 갑작스러운 소란에 덩달아 불안했다.

"올 때부터 얼굴이 종잇장처럼 창백하더니, 이게 뭔 일이래?"

"아이고, 이 아가씨 식은땀 좀 봐."

옆에 있던 사람들이 한마디씩 했다. 분위기가 심상치 않았다. 그때, 아이의 아버지인 듯한 사람이 큰소리로 외쳤다.

"의원! 의원을 불러 주시오! 우리 딸이 급체한 것 같소."

아버지는 얼마나 다급했는지, 막대기 같은 것으로 바닥을 쿵쿵 내리쳤다.

"막둥아! 가서 얼른 의원을 모셔 와. 얼른"

주모가 다그치자 누군가가 후다닥 문을 밀치고 나갔다.

장만은 손에 쥐었던 숟가락을 내려놓고, 국밥 그릇을 양손에 쥐었다. 그러고는 정신없이 국물을 들이마신 뒤 덕수의 이름을 불렀다. 아무래도 편히 밥을 먹고 갈 상황이 아닌 듯하고, 얼른 자리를 뜨는 게 낫겠다 싶었다. 그때, 여자아이의 거친 숨소리가 들렸다. 몰아쉬는 숨에 토가 쏠리는지 계속 왝왝거렸다.

"연우야! 이 일을 어째. 누가 이 아이 좀 봐주시오."

다급한 외침에 주변이 다시 소란스러워졌다.

"형! 여기 급체한 사람이 있어. 침을 놔야 할 것 같아."

장만은 깜짝 놀랐다. 분명 덕수의 목소리였다. 장만은 몸을 홱 돌려 고개를 숙였다.

'진짜 왜 저러는 거야?'

옆에 있으면 덕수의 입을 손으로 틀어막았을 텐데. 쥐구멍이 있다면 숨고 싶었다.

"저희 형이 급체 내리는 침은 진짜 잘 놓는다니까요."

그 말에 아이 아버지가 바로 소리쳤다.

"누구시오? 제발 우리 아이 좀 도와주시오."

간절한 목소리에 장만은 더 당황했다. 얼마나 급했으면 맹인까지 붙들까 싶어서 더 겁이 났다.

"아니, 맹인이 침을 놓는다고?"

"급해도 그건 아니지. 위험해서 안 돼!"

옆에 있는 사람들 소리였다. 장만은 끼어들 생각도 없었지만, '맹인이라 못 해'란 말이 목에 걸린 생선 가시처럼 불편하게 들렸다.

'저 녀석은 괜히 입을 놀려 저런 소리까지 듣게 만드는 거야?'

장만은 국밥이고 뭐고 얼른 자리를 뜨고 싶었다.

사실 급체에 놓는 침은 어려운 게 아니었다. 어릴 때 한약방에서 배운 재주로 덕수의 체기를 내리는 일에 자주 써먹었다.

그런데 그렇게 도와 달라던 아이의 아버지도 맹인이란 말에 입을 닫았다.

"의원이 곧 도착할 거예요. 막둥이가 뛰어갔으니, 조금만 더 기다려 봐요."

주모의 말을 듣자마자 장만은 벗어 놓은 신발부터 찾아 신었다. 얼른 그 자리를 피하고 싶었다. 장만이 신발을 신으려 몸을 숙일 때, 누군가가 숨을 헐떡이며 주막 안으로 뛰어 들어왔다.

"헉헉! 어떡해요? 의원 나리가 윗마을에 가서서 내일 오신대요."

"뭐야? 그럼 어떡해, 아씨를 저리 두면 큰일 날 텐데."

주모는 당황해서 발을 동동 굴렀다. 그런데 되레 아버지라는 사람은 큰 한숨만 쉴 뿐 꼼짝하질 않았다. 그때 덕수가 귀에 대고 작은 소리로 말했다.

"형, 아이 아버지도 맹인이야."

"뭐라고? 맹인?"

대뜸 '누구시오?'라고 묻던 것도, 딸아이를 둘러업고 의원으로 뛰지 않는 것도 의아했는데, 이유를 알고 나니 장만은 기분이 이상했다. 그때, 아이 아버지가 다급히 주모를 불렀다.

"주모, 바늘 좀 갖다 주시오. 불에 뜨겁게 달구어서 말이오."

"네? 진짜 침이라도 놓게요?"

주모는 후다닥 안으로 뛰어 들어갔다. 그사이 아이의 아버지가 장만을 불렀다.

"제발 부탁하네. 우리 아이 좀 도와주게."

장만은 두 팔을 내저었다. 그러고는 뒤로 슬슬 물러났다. 장만은 옆에 온 덕수의 팔을 잡아당겼다. 얼른 자리를 뜨고 싶었다.

"지금 자네 말고는 도와줄 사람이 없네. 급체한 아이를 저리 두면 어찌 될지 몰라. 제발 부탁하네."

목소리가 너무도 간절했다. 그래서 장만은 더 겁이 났다.

"아닙니다. 어른! 혹여 잘못되면 어쩌시려고요?"

"제발 도와주게. 급체를 해서 몇 번이나 죽을 고비를 넘긴 아이야. 의원이 못 온다는 소리를 듣지 않았나? 지금은 다른 방도가 없어. 부탁이네."

그러는 사이, 누군가가 장만의 손을 잡고 바늘을 쥐여 주었다.

물에 빠지면 지푸라기라도 잡고 싶어진다지만, 오죽 급하면 그럴까 싶어 장만은 도망갈 수도 없었다.

"형, 할 수 있어. 내가 체했을 때처럼만 해."

덕수가 장만의 손을 꼭 쥐었다.

"어떤 일이 있어도 탓하지 않을 테니. 걱정하지 말게."

어른의 목소리가 차분했다. 장만은 숨을 크게 들이쉰 뒤 찬찬히 뱉었다. 그리고 여자아이의 손을 쥐었다. 손이 얼음장처럼 차가웠다. 장만은 손끝에 신경을 집중했다. 체기가 있을 때 부풀어 오르는 혈 자리가 만져졌다.

'할 수 있을까?'

장만은 바늘을 손에 쥐고 혈 자리에 힘 있게 꽂았다.

"앗."

짧은 외마디 비명이 들렸다. 손끝에 끈적이는 피가 묻어났다. 주위 사람들도 모두 숨을 죽였다. 하지만 부풀었던 혈이 빨리 가라앉질 않았다.

장만은 손끝으로 다른 혈 자리들도 찾아 침을 꽂았다. 그리고 쉴 새 없이 손을 주물러 피가 도는 것을 도왔다. 얼른 기운을 차리게 해 주고 싶었다. 아이의 거친 숨소리가 조금씩 가라앉는 듯했다.

"아이고. 얼굴빛이 돌아오네. 입술에 핏기도 돌고."

주모가 말했다. 과연 얼음장 같던 손에도 서서히 온기가 돌기 시작했다.

"아… 아버지."

여자아이가 힘겹게 소리를 토해 냈다.

"연우야. 괜찮으냐?"

"네. 아버지. 어지럽긴 해도 괜찮아요."

그제야 힘이 잔뜩 들어갔던 장만의 어깨가 툭 늘어졌다. 안도의 한숨이 새어 나왔다. 10년 감수했다는 말은 이럴 때 쓰는 거구나 싶었다.

"다들 봤죠? 거짓말이 아니라니까요. 우리 형이 급체 내리는 침 하나는 잘 놓는다니까요."

덕수의 호들갑에 웃음이 났다. 침술이 효과가 있어 다행이었다.

"우리 연우가 살 운명이었구나. 허허. 주막에서 이런 귀한 사람을 만날 줄이야."

어른의 말에 장만의 얼굴이 후끈 달아올랐다. '귀한 사람'이라니. 이런 말을 듣는 건 처음이었다. 고맙다는 흔한 말보다 더 가슴을 울렸다. 새해 첫날 깔깔한 설빔을 얻어 입은 것처럼 좋고도 어색했다.

한바탕 소동이 지나자 장만도 긴장이 풀렸다. 평상 자리에 늘어지게 앉아 큰 한숨을 몰아쉬었다.

"이름이 장만이라 했지? 고맙네. 진짜 고마워. 우리 연우가 자네 아니면 큰일 날 뻔했어."

어른의 말투가 한결 부드러웠다.

"내가 다른 건 몰라도 일단 후한 대접부터 해야지. 주모! 이 주막에서 가장 비싼 음식부터 내다 주시오."

그러고는 어른은 평상에 함께 올라앉았다.

"네네, 귀한 손님이니, 맛있게 해 드려야지요. 그런데 이 아이들은 이 마을 사람은 아닌 것 같은데. 처음 보는 얼굴들이네."

"아. 네! 여기 명통시에 잠깐 들렀다가….'

덕수가 말을 하는데, 주모가 부엌으로 요란하게 뛰어가는 소리가 들렸다. 어른이 말을 받았다.

"명통시? 거긴 무슨 일로?"

장만은 그때, 어른도 맹인이라 했던 말이 떠올랐다. 남산골에 사

는 맹인이니, 명통시의 사정을 좀 알고 있을지도 모른다는 생각이
들었다.

"형이 하도 가 보고 싶다고 해서 와 보았지요. 지난번 나라에서
여는 큰 기우제에 갔다가 형이 맹인 독경에 빠졌지 뭡니까? 헤헤."

장만이 말할 틈도 주지 않고 덕수가 또 끼어들었다.

"하하, 그래? 독경을 배우고 싶었던 게야? 내가 그쪽 사정은 조
금 알지."

그 말에 장만은 가슴이 뛰었다. 남산골까지 왔다가 아무것도 얻
지 못하고 돌아가는 길이 막막하기만 했는데, 주막에서 이런 인연
을 만날 줄이야.

"명통시에 들어가려면 일단 독경을 좀 알아야 할 텐데. 배워 본
적이 있느냐?"

"아니요. 그냥 독경 소리에 홀려서…."

저도 모르게 장만의 목소리가 기어들었다.

"그야 배우면 되지. 나도 어릴 때, 맹인 독경을 듣고 몇 달을 설
렜던 적이 있었어."

장만은 믿을 수 없었다. 낯선 주막에서, 독경 이야기를 나눌 수
있으리라고는 상상치도 못했다. 마치 다른 세상에 와 있는 듯했다.
잠깐 말이 없던 어른이 장만을 불렀다.

"독경을 배워 볼 생각이 있나? 그럼 내가 독경 잘하는 사람을 알
려 줄 수 있을 것 같은데."

장만의 귀가 번쩍 뜨였다.

"정말요?"

"허허. 남산골 끝에 가면 하태수라는 독경사가 있네. 까탈스럽기는 해도 한양에서 그만한 실력자가 없어."

장만은 어른의 말이 반가우면서도 덜컥 겁이 났다.

"저 같은 사람도 독경을 배울 수 있을까요?"

장만의 말에 어른은 목소리를 높였다.

"나 같은 사람이라니? 왜 함부로 자신을 낮추는가?"

어른의 말에 장만은 움찔했다.

"주막에서 만난 낯선 사람이 도움을 청한다고 나설 사람이 몇이나 되겠는가? 그런 선한 마음과 용기라면 뭐든 해낼 수 있을 거야."

순간, 장만은 눈물이 핑 돌았다. '뭐든 할 수 있을 거'라는 말'이 가장 간절했다.

늘 높은 벽에 갇혀 있는 듯했다. 앞이 보이지 않는다는 이유로 아예 시작할 엄두조차 내지 못했다.

"세상을 어디 눈으로만 보느냐? 그렇지 않아. 장악원에는 악기를 다루는 맹인이 있고, 관상감에도 명과학을 하는 맹인이 있다. 다 가진 재주가 다를 뿐이지. 너도 노력하면 독경사가 될 수 있어."

장만의 심장이 정신없이 뛰었다.

"하지만 애써야 해. 꿈을 이루는 건 죽을힘을 다해 애를 써야 하는 거라네."

어른의 말이 물에 빠진 장만을 구할 지푸라기인 걸까? 장만은 이 어둠에서 조금씩 빠져나가고 싶었다. 그사이, 주모가 음식상을 내왔다.

"나는 이만 일어나네. 맛있게들 먹고 조심히 가게."

장만은 평상에 납작 엎드려 절을 했다. 보이지 않겠지만, 감사한 마음을 달리 표현할 길이 없었다. 그때, 여자아이의 목소리가 들렸다.

"인사가 늦었지만 정말 고마워. 그리고 네 목소리, 독경에 잘 어울릴 것 같아."

부드럽고도 상냥한 목소리였다. 그 말에 장만의 얼굴이 훅 달아올랐다. 장만은 덕수의 손을 잡고 평상에서 내려 두 사람을 함께 배웅했다.

"아, 그리고 혹시 하태수를 찾아갔는데 딴소리를 하거든 김소경이 보냈다고 말하게."

그러고는 주막을 나섰다. 두 사람의 발소리가 들리지 않을 때까지 장만은 문 앞에 서 있었다.

'김소경! 그리고 연우!'

장만은 몇 번이나 이름을 되뇌었다. 음식을 배불리 먹고 나서며 덕수가 말했다.

"형, 내가 나서길 잘했지? 세상에 이런 일도 다 생기고."

그제야 숨겼던 웃음이 장만의 얼굴에 서서히 번졌다.

남산골

마음을 먹으니 하루도 지체할 수가 없었다. 몸이 달아 장만은 일이 손에 잡히질 않았다. 다행히 일거리가 없어 하루 쉰다는 덕수를 앞세워 아침 일찍 남산골로 넘어갔다.

거의 다 왔다던 덕수가 어느 집 문 앞에 장만을 세워 놓고는 부산스럽게 주변을 맴돌았다.

"덕수야, 왜 그래? 뭐 잘못됐어?"

장만은 한시라도 빨리 어른을 만나 보고 싶어 애가 타는데 덕수는 뭔가 석연치 않은 눈치였다.

"꽤 유명한 사람이라더니. 그것치고는 집 꼴이 영 말이 아니야. 주춧돌도 올리지 않고, 짚도 아닌 억새를 엮어 올린 지붕이라니."

덕수의 말에 장만은 살짝 불안해졌다.

"어른이 가르쳐 준 대로라면 이 집이 맞는데. 허름하기 짝이 없네."

그때였다. 씩씩대며 걸어오는 누군가의 발소리가 들리더니, 장만의 얼굴로 순식간에 차가운 물이 쏟아졌다.

"앗, 이게 뭐야?"

짚고 있던 지팡이를 놓치며 장만은 뒤로 넘어졌다.

"이게 뭐 하는 짓이에요? 사람한테 물벼락이라니."

덕수가 놀라 소리를 질렀다. 장만은 주저앉아서 소맷자락으로 얼굴과 목덜미에 묻은 물을 정신없이 닦아 냈다.

"대낮부터 웬 거지 나부랭이들이 집 앞을 빙빙 돌고 있으니까 물을 뿌렸지. 썩 꺼지지 못해?"

거칠게 쏘아 대는 여자의 목소리에 장만은 움찔했다. 함부로 대들었다가는 찬물 한 바가지를 더 퍼부을 기세였다.

"뭐 이런 데가 다 있어. 가자! 형, 아무래도 이 집이 아닌 것 같아."

덕수는 장만의 손목을 잡아당겼다. 평소 같으면 한바탕 난리를 칠 텐데, 덕수도 기가 막혀서인지 아예 싸울 엄두가 나지 않았다. 그런데 덕수의 손을 잡고 일어서는 장만의 입에서 '억' 소리가 났다. 뒤로 넘어질 때 발목을 삐끗한 게 분명했다.

"뭐야? 형, 괜찮아?"

덕수는 양손으로 장만의 어깨를 감싸 일으켰다. 아파서 얼굴 미간을 잔뜩 찡그린 장만의 모습에 화가 났는지, 덕수는 여자에게 대

놓고 버럭 소리를 질렀다.

"아주머니, 앞 못 보는 사람한테 무슨 몹쓸 짓이에요? 사람을 다치게 하면 어쩌냐고요?"

"내가 뭐 맹인인 줄 알았나?"

사람이 다쳤다는 소리에 놀라긴 했는지, 사나운 기운이 한풀 꺾인 소리로 여자가 말했다. 그래도 여전히 화가 풀리지 않는지 덕수는 여전히 씩씩대고 있었다.

장만은 이대로 돌아갈 수가 없었다. 안으로 들어가려는 여자의 발소리에 부글거리는 속을 가라앉히며 다급하게 물었다.

"이 동네에 하태수라는 어른이 안 계십니까? 혹 아시면 좀 알려 주시오."

장만은 안에 다른 사람이 있을지도 모른다는 생각에 더 큰 소리로 물었다.

"하태수? 그 사람은 왜 찾아?"

무슨 이유에서인지 여자의 목소리가 다시 사나워졌다. 그런데 여자는 아예 장만의 대답 따위엔 관심도 없다는 듯 연거푸 말을 이었다.

"아휴, 그 양반 찾는 사람치고 온전한 사람 못 봤구먼. 어쨌든 오늘은 나갔으니, 이만 돌아들 가."

여자가 쌀쌀맞게 말하고는 안으로 휙 들어가 버렸다. 장만은 뒤통수를 한 대 세게 얻어맞은 것 같았다. 여자의 말에 덕수도 어이가 없는지, 콧바람을 훅훅 내뿜으며 말했다.

"형, 이게 뭐야? 그럼 여기가 하태수 어른 집이 맞는 거야? 그럼
저 여자는?"

장만이 그 답을 알 리 없었다.

"형, 다음에 오자. 아무것도 모르는데 무작정 기다릴 수도 없고."

장만은 고개를 끄덕였다. 더는 덕수를 붙잡을 명분이 없었다.

남산골에서 허탕을 치고 돌아왔지만, 장만은 포기할 수가 없었
다. 아픈 다리가 낫고 나서 몇 번이나 남산골로 넘어갔다. 하지만
그때마다 번번이 허탕이었다. 더는 덕수를 볼 면목이 없었지만 그
렇다고 눌러앉아 있을 수도 없었다. 장만은 혼자라도 나서 볼까 싶
었지만, 용기가 나질 않았다. 가다가 길을 잃거나 넘어져 다치기라
도 하면 그땐 덕수에게도, 아버지에게도 진짜 할 말이 없을 것 같
아서였다.

장만은 이번이 마지막이라는 생각으로 아침 일찍 집을 나섰다.

"요 몇 달 비라고는 구경을 못 하겠네. 길마다 먼지가 뽀얗게 일
어."

언덕배기를 넘어가는데 흙바람 때문인지 입안이 계속 서걱거
렸다.

"낟알이 아물지도 못하고 다 타들어 가네. 날이 가물어서 논밭
이 쩍쩍 갈라져."

덕수는 혀까지 끌끌 차며 말했다.

"이 와중에 돌림병까지 돌아 사대문 안에 버려진 시체가 그득한 모양이야. 승려들까지 불러서 시체를 치운다던데."

그 말을 들으니, 장만은 영 마음이 좋질 않았다. 그런데 그때, 어디선가 구슬픈 곡소리가 들려왔다.

"덕수야. 이게 무슨 소리야?"

"곡을 하는데? 산도 아니고 이렇게 얕은 언덕배기에 누가 무덤을 만든 모양이야."

능선을 넘어서자 곡소리가 점점 선명해졌다. 어린 여자아이의 울음이었다.

"쯧쯧. 무덤이 여럿인데 상복을 입은 사람은 저 어린아이 하나네. 돌림병에 가족을 모두 잃은 모양이야. 거참."

누가 먼저랄 것도 없이 걸음이 느려졌다. 아이의 울음이 자꾸만 발목을 잡았다. 세상을 다 잃은 듯한 통곡이었다. 꺼이꺼이 하며 얼마나 울었던지 목이 쉴 대로 쉬어서 울음에서 나무 기둥 긁는 소리가 났다.

아이의 울음 뒤로 낮은 목소리가 들려왔다. 마치 우는 아이를 달래려고 할아버지가 불러 주는 낮은 노랫가락 같았다. 장만은 가만히 서서 그 소리에 귀를 기울였다. 그런데 아이의 울음소리가 잦아들며 남자의 목소리가 더 선명해졌다. 독경이었다.

정구업 진언 수리수리 마하수리 수수리 사바하 수리수리 마하수리 수
수리 사바하 수리수리 마하수리 수수리 사바하

그 소리를 듣고 있으니 가슴 한구석이 먹먹해졌다. 장만은 유독
추웠던 그 겨울을 떠올렸다. 혹독한 추위와 함께 이름 모를 돌림병
이 마을을 휩쓸었다. 자고 일어나면 멍석에 말린 시체가 마을을 빠
져나갔고 마을 뒷산에다 몰래 사람을 묻고 오는 일이 잦은 때였다.

어느 날부터 어머니 몸에 열이 오르기 시작했다. 순식간에 불덩
이가 된 어머니는 방에 누워 일어나질 못했다. 장만은 '돌림병이
무서우니 어머니 옆에 가지 말라'는 아버지 말도 어기고, 밤마다
어머니 옆으로 갔다. 그러고는 천 조각을 물에 적셔 손발을 닦고
얼굴의 식은땀을 닦았다.

그렇게 나흘째 되던 밤이었다. 어머니 이마에 찬 수건을 얹어
놓고 깜빡 잠이 들었나 싶었는데, 잠에서 깼을 때 손에 아무것도
닿질 않았다. 쉴 새 없이 쌕쌕대던 숨소리도 들리지 않았다.

어머니, 어머니! 장만은 계속 어머니를 찾았다. 분명 아침이 되
려면 멀었는데. 그새 기력을 차리고 밖으로 나가셨나? 다행이다
싶었다.

장만은 아버지가 주무시고 있던 옆방 문을 열었다. 그런데 아버
지의 숨소리도 들리지 않았다. 아무도 대답이 없었다. 집은 텅 비
고 장만은 혼자였다. 온몸에 소름이 돋았다. 이 새벽에 나를 두고

다 어디 간 거야? 방에 들어가지도 못하고 마당 한구석에 쪼그려 앉아 어머니가 오기만을 기다렸다.

점심때가 다 되어서야 집으로 돌아온 아버지는 '어머니가 멀리 갔으니, 기다리지 말라'는 말만 하고 방으로 휙 들어가 버렸다. 날벼락 같은 말에 장만은 기가 막혔다. 누구한테 물어볼 수도 없고, 애만 태웠다.

며칠이 지나고 몇 달이 지났다. 쉴 새 없이 세상 이야기를 들려주던 어머니는 돌아오지 않았다. 장만은 봄꽃이 얼마나 예쁘게 피는지, 가을 잠자리가 얼마나 높이 나는지 도통 알 길이 없었다.

그렇게 꼬박 1년이 지난 어느 날이었다. 아버지는 덕수와 장만을 데리고 뒷산에 올랐다. 그날도 유독 바람이 차가웠다. 아버지는 장만의 손을 잡아 야트막한 묘지 위에 말없이 내려놓았다. 묵직한 아버지의 손이 희미하게 떨렸다.

"네 어미, 여기 있다."

1년 만에 찾은 어머니는 차가운 흙으로 덮여 있었다. 그날 밤, 말없이 사라졌다고 생각했던 어머니가 여기 있었다. 장만은 무릎을 꿇고 앉아 흙무덤을 손으로 쓸고 또 쓸었다.

참았던 눈물이 끝없이 쏟아졌다. 가슴 깊이 쌓였던 두려움과 그리움이 목구멍을 치밀고 올라왔다. 그렇게 장만도 울고, 덕수도 울고, 아버지도 한참을 울었다. 걸을 때면 혹여 넘어질까 봐 아프도록 꼭 잡아 주던 어머니의 손이 사무치게 그리웠다.

아이의 울음소리가 그때의 장만을 떠올리게 했다. 아홉 살 기억 속의 어린 장만을.

독경이 죽은 혼을 달래는 듯했다. 이 세상 미련 두지 말고 편히 떠나라고. 그런데 그 소리가 장만을 어르고 달랬다. 어머니를 보내고 세상에 홀로 남아 외롭고 두려웠던 마음이 독경 소리와 함께 서서히 녹아내렸다. 조금씩 잔잔해졌다. 독경이 끝난 뒤에도 장만은 한참을 그 자리에 앉아 있었다.

그렇게 얼마나 앉아 있었던 걸까? 옆에서 훌쩍이며 기다려 주던 덕수가 입을 열었다.

"형, 가자. 이러다 해 넘어가겠어."

"그래, 오늘은 어른이 꼭 있었으면 좋겠는데."

서둘러 마을로 내려와 어른 집 앞을 서성였다. 대놓고 '안에 계시오?' 하면 그 여자가 또 먼저 뛰어나와서 쫓아낼 것 같았다. 그런데 평소와 달리 집 안이 시끌시끌했다. 잠시 머뭇거리고 있는 사이, 안에서 누군가를 꾸짖는 소리가 쩌렁쩌렁 울려 나왔다.

"이놈. 정신 똑바로 차리지 못해? 독경이 어디 입으로만 하는 것이더냐. 도대체 정신을 어디에다 둔 게야?"

그 소리가 얼마나 큰지 오금이 저렸다. 말대답하는 사내아이의 목소리도 당돌하기 짝이 없었다.

"그러면 대체 얼마나 연습을 하라는 것입니까?"

"그래도 이놈이 끝까지 말대답이야? 끌어다 놓은 보릿자루처럼 앉아서 입으로만 중얼대는데, 그것이 어찌 독경이야?"

격한 소리가 담을 넘었다. 장만은 안을 기웃거리지 못하고 대문 밖으로 멀찌감치 떨어졌다.

"형, 그래도 들어가 보자. 여기까지 힘들게 왔는데."

덕수가 팔을 잡아당기던 그때, 누군가 대문을 박차고 씩씩대며 뛰어나왔다. 대문 옆에 서 있던 장만과 어깨가 부딪혔다.

"이건 또 뭐야?"

거칠고 사나운 소리였다. 자기가 와서 부딪쳐 놓고는 되레 화를 내는 게 보통 성질머리는 아니었다. 그런데 한마디 질러 줄 줄 알았던 덕수가 조용히 장만을 당겼다. 그러고는 사내아이가 지나가자 귀에 대고 말했다.

"형, 저기도 맹인이네. 안에서 혼이 난 놈인가 봐. 눈가가 시뻘게져서 뛰어나오는 꼴을 보니. 그런데 옷 입은 꼴도 제법 번지르르하고 옆에 하인도 붙어 있는 걸 보니 양반집 자제 같기도 해"

덕수의 말에 장만의 머릿속이 복잡해졌다. 엄한 스승에, 성질 고약한 양반집 자제에, 물바가지를 뿌려 대는 야박한 아주머니까지 한데 있는 집이라니.

안으로 들어는 가야 하는데 선뜻 발이 떨어지질 않았다. 게다가 지금 들어갔다가는 좋은 소리도 못 듣고 쫓겨날 것만 같았다. 그렇게 또 대문 앞을 맴돌고 있는데, 툭툭 하며 지팡이를 짚고 나오는 사람 소리가 들렸다. 덕수가 먼저 문 앞으로 후다닥 뛰어갔다.

"저, 혹시 하태수 어른이 아니신지요?"

"누구냐? 아침부터 남의 집 앞에서 무얼 하는 게야?"

목소리에서 차가운 기운이 확 밀려왔다.

"장만이라 합니다. 독경을 가르치신다는 말씀을 듣고 멀리서 찾아왔습니다."

당황한 기색을 내비치지 않으려고 최대한 차분하게 말했다. 하지만 어른에게서 찬바람이 일었다.

"독경? 날 어찌 알았느냐? 어쨌든 그건 됐고. 난 제자를 들일 마음이 없다."

"네?"

장만은 놀라서 뒷말을 삼켰다. 이렇게 다짜고짜 내칠 줄은 몰랐다.

"먼 길을 찾아왔는데 잠시라도 시간을 내어 주시면 안 될까요?"

장만의 말에 몇 발짝 떼던 어른이 걸음을 멈추었다.

"독경을 왜 배우려고 하나? 한두 해에 끝날 고생도 아닌데."

생각지도 못한 물음에 장만은 당황해서 멍하니 서 있었다.

"열에 아홉은 돈 욕심에 독경을 배우려는 거지. 양반집이나 돌면서 독경을 해 주고, 돈을 받으면 배에 기름칠할 요량으로. 그러니 조금만 힘들면 앙앙거리다가 금방 나가떨어지지. 제대로 독경을 익힐 생각들은 않고 말이야."

말투가 지나치게 까칠했다. 제자를 들여 마음고생을 꽤 한 모양이었다.

그때, 장만의 머릿속에 지난번 주막에서 만난 어른의 말이 번뜩 떠올랐다.

"김소경이라는 어른이 보내서 왔습니다. 멀리서 여러 번 찾아왔지만, 번번이 뵙지 못하다가 오늘에서야 마주친 것입니다. 잠시만 시간을 내어 주십시오."

그 말에 잠깐 멈칫하더니 어른이 되물었다.

"명통시의 김소경?"

그런데 그 말에 장만이 더 놀랐다.

"명통시의 김소경이라니요? 그분이 명통시에 계신 분입니까?"

"그럼 소경이 이름인 줄 알았느냐? 소경은 관직의 이름이야. 허허, 독경의 '독' 자도 모르나 보군."

장만은 머리를 한 대 맞은 듯했다. 맹인 독경을 알게 된 것도, 김소경 어른을 만난 것도 모두 우연이 아닐지 모른다는 생각이 들었다.

하지만 어른의 목소리는 여전히 냉랭했다.

"내가 그 양반께 진 빚이 있으나…."

어른은 말을 맺지 않은 채 한동안 입을 닫았다. 장만은 계속 마른침을 삼켰다.

"독경은 진짜 만만한 게 아니야. 요령 피우고 게으름 부릴 생각이면 아예 시작도 말아."

어른의 말에 장만은 뛸 듯 기뻤다. 말은 차가웠지만, 분명 제자로 받아 준다는 뜻이었다.

"감사합니다. 감사합니다."

맹인인 어른의 눈에 보일 리 없다는 걸 알면서도 장만은 몇 번이나 고개를 숙여 인사했다.

"짐을 싸서 집으로 들어와. 집을 오가며 배울 생각은 아예 말고."

그런데 그때였다. 화가 난 여자의 목소리가 들렸다.

"뭐요? 집에 또 사람을 들인다고요?"

물벼락을 퍼부은 여자였다. 장만은 자기도 모르게 한걸음 뒤로 물러났다.

"집 없이 떠도는 애는 불쌍하다고 들이고, 성질 더러운 도령은 쌀을 얻어야 하니 들이고, 이번에는 또 뭣 때문인데요?"

여자는 화가 단단히 난 것 같았지만, 어른은 별일 아니라는 듯 말했다.

"김소경이 함부로 사람을 부탁하는 거 봤소? 그리고 자네가 산욕으로 다 죽어 갈 때, 진즉 누구 때문에 살았는가? 그가 돈을 마련해 준 덕에 의원 문턱이라도 넘었구먼."

"아무리 그래도 그렇지. 우리 형편에 사람 입이 또 하나 늘면 어쩌냐고요."

여자는 구시렁대면서 안으로 쑥 들어가 버렸다. 장만은 마음이 편치 않았다. 아무래도 앞날이 걱정이었다.

"네가 먹을 양식과 옷가지는 챙겨 오고, 쌀 한 섬은 당미*로 내야 한다. 보다시피 지금 형편이 누굴 챙길 정도는 아니니."

어른은 부인 때문에 좀 멋쩍었는지 딱 잘라 말하고는 자리를 뜨려 했다. 그런데 아무래도 어른의 목소리가 낯익었다. 순간 머릿속에 아침에 들었던 언덕배기 무덤가의 독경이 떠올랐다.

"어른, 혹시 아침에 저 언덕 너머에 가지 않으셨습니까? 그곳에서 어린 여자아이를 위해 독경을 하셨지요?"

"맞아. 그런데 그걸 어찌 아느냐?"

"오는 길에 우연히 들었습니다."

태수 어른의 독경이었다는 걸 알자, 장만의 가슴이 더 요동쳤다.

"독경을 들으면서 어릴 때의 기억이 떠올랐어요. 저도 일찍 어미를 잃었거든요. 그런데 어른의 독경이 저를 위로하고 달래 주었습니다."

"그랬다면 다행이네. 독경은 하늘에 대고 비는 것만이 아니야. 아픈 사람의 마음을 달래는 것도 독경이 해야 할 일이지."

그 말에 장만은 울컥했다. 힘겹게 찾아온 길이 틀리지 않았다는

---

* 수업료로 내는 쌀.

생각이 들었다.

　장만은 집으로 가자마자 서둘러 짐을 챙겼다. 마음이 바빠 한시도 늦출 수가 없었다. 한편으로는 아버지께 어떻게 말씀을 드려야 할지 걱정이었다. 덕수와 남산골을 찾아갈 때마다 굳이 그 어려운 길을 왜 가려 하느냐며 못마땅해하던 아버지였다.

　장만은 일부러 방 한가운데 짐 보따리를 갖다 놓았다. 매도 일찍 맞는 게 낫겠다 싶었다. 하지만 마음은 내내 무거웠다. 덕수와 함께 저녁을 짓는 동안 장만은 한마디도 하지 않았다.

　늦은 밤이 다 되어서야 일을 마치고 온 아버지는 한참 동안 마루에 걸터앉아 있었다. 몸이 힘들어 밥맛도 없다면서 물 한 대접만 벌컥벌컥 마시고 있는 아버지에게 말을 붙이기가 어려웠다. 장만은 계속 아버지 옆만 왔다 갔다 했다. 그때, 안으로 들어가려고 방문을 열던 아버지가 짐 보따리를 본 것 같았다.

　"저게 뭐냐?"

　아버지의 목소리가 무거웠다. 방으로 들어가는 아버지를 따라 장만도 들어가 앉았다.

　"아버지, 저 내일부터 남산골에서 지내려고요. 독경을 하는 어른 댁에서…."

　거기까지 말했을 때, 아버지가 말을 잘랐다.

　"정말로 마음을 먹은 게냐? 독경이 어디 한두 해 배운다고 끝날 일도 아닌데."

아버지의 말은 늘 한결같았다. 그래서 그 마음을 모를 수도 없었다.

"아버지, 저도 사람 구실을 하고 싶어요."

장만은 무릎을 꿇었다. 그리고 아버지께 큰절을 올렸다. 아버지는 더는 말릴 생각이 없는 듯 한풀 꺾인 목소리로 말했다.

"가서 조심하고, 너무 애쓰진 말고."

그 말을 뒤로 하고 아버지는 다시 밖으로 나갔다. '너무 애쓰지 말라'는 아버지의 말에 장만은 밤새 가슴이 먹먹했다.

이튿날, 장만은 아침을 먹자마자 남산골로 넘어갔다. 그런데 집이 텅 비었는지 집 안에서는 사람 소리 하나 나지 않았다.

'내가 오는 걸 모를 리 없는데.'

장만은 마당을 서성이며 누구라도 들어오길 기다렸지만, 아무 기척도 없었다. 그때, 덕수가 말했다.

"형, 곧 사람들이 올 거야. 난 해 떨어지기 전에 돌아가야지."

그 말을 듣자, 장만은 낯선 곳에 혼자 남겨진다는 게 실감났다. 막막하고 두려웠다.

"형, 힘들면 다시 집으로 와."

발이 떨어지질 않는지 장만의 주변만 맴돌던 덕수가 대문을 나서며 한 말이었다. 장만은 대답 대신 한쪽 손을 흔드는 것으로 인사를 대신했다. 멀어지는 덕수의 발소리가 유난히 무겁게 느껴졌다.

　혼자 남은 장만은 마음이 급해졌다. 폭도 높이도 알 수 없는 공간에 놓인 그 불안이 한계를 넘었다.
　'아니야. 이 집을 빨리 익혀야 해.'
　장만은 두 주먹을 불끈 쥐었다. 그리고 마치 살얼음 위를 걷는 것처럼 한 발씩 조심스레 떼어 냈다.
　장만은 먼저 문턱을 더듬었다. 그렇게 손으로 높이를 가늠했다. 어른이 장만의 방이라며 알려 준 곳으로 기다시피 들어가 허공에 손을 저었다. 부딪히면 다칠 수도 있고, 자칫 물건을 망가뜨릴 수도 있었다. 장만은 최대한 몸을 낮췄다.
　손에 무언가가 닿는 순간, 장만은 예민해졌다. 손끝으로 만지면서 그것이 무엇인지를 가늠해야 했다. 그리고 나면 손바닥을 펴서 그 폭과 깊이를 알아냈다. 늘 그랬던 것처럼 머릿속에 방 하나를 완전히 그려 내고 나면 장만의 몸은 땀으로 흠뻑 젖었다.
　"휴우."
　방 하나를 그려 내는 데도 한참의 시간이 걸리는데, 넓지 않은 집이지만, 부엌이며 뒷간까지 몸에 익으려면 또 얼마의 시간이 걸릴까? 그 생각에 장만은 시작부터 한숨을 쉬었다.
　그때, 문밖에서 낯선 목소리가 들렸다.
　"형, 걱정하지 마. 이 방엔 위험한 물건이 하나도 없어."

대뜸 '형'이라 부르다니. 당황한 장만은 그 자리에 꼼짝않고 서 있었다. 그러자 아이는 곧장 방 안으로 들어와 장만의 손목을 덥석 잡았다. 놀란 장만은 멈칫했지만 아이는 대수롭지 않다는 듯 손에 힘을 주며 장만을 끌었다.

　"여기야. 손바닥을 펴고 만져 봐."

　장만의 손에 딱딱한 것이 만져졌다.

　"상이야. 그리고 요쪽으로는 아무 무늬도 없는 나무 궤짝이 하나 있고, 이쪽에 이부자리, 그게 전부야."

　아이는 한두 번 해 본 솜씨가 아닌 듯했다. 앞 못 보는 불편함이 무엇인지 뻔히 알고 있는 것처럼 장만의 손을 잡고 천천히 옮겨 다니며 필요한 것들을 하나하나 일러 주었다. 혼자 하려면 한참 걸릴 일인데, 아이 때문에 금세 끝이 난 게 장만은 고마웠다. 그제야 장만은 아직 인사조차 나누지 않았다는 생각이 들었다.

　"나는 장만이야. 여기 독경을 배우러 들어온…."

　장만의 말이 끝나기도 전에 아이가 다시 손을 내밀어 장만의 손을 꼭 잡았다.

　"어른한테 들었어. 나보다 한 살 많은 형이라고. 나는 한주야. 이 집에 얹혀살면서 일하는 사람, 헤헤."

　얹혀산다고 말하며 저렇게 장난스럽게 웃는 밝은 아이는 어떤 얼굴을 하고 있을까? 장만은 머릿속으로 아이의 모습을 상상하며 웃었다.

"이 집엔 위험한 것들이 없어. 어르신도 앞을 못 보시니까. 그리고 형이 묵게 될 이 방엔 아무것도 놓지 말라 하셨거든. 그리고 걱정하지 마. 나도 이 방에서 지내니까."

'한주.'

장만은 입으로 이름을 되뇌었다. 앞으로 어떻게 지내야 하나 하는 걱정을 조금 덜어 낸 듯했다.

"이 집엔 어르신과 아주머니, 형과 나, 이렇게 넷이 전부야. 그런데 집에서 왔다 갔다 하며 독경을 배우는 춘택이란 형이 있는데, 음. 형이랑 나이가 같아. 그 형이랑만 부딪히지 않으면 돼."

한주는 춘택의 이름 앞에서 잠시 말을 멈추었다.

'춘택이?'

처음 왔던 날, 고래고래 소리를 지르며 나갔던 그 아이가 분명했다.

"춘택이란 아이는 왜?"

"음, 그냥. 좀 그래."

한주는 뭔가 할 말이 있는 듯하다가 입을 닫았다. 장만은 찜찜했지만, 첫날부터 낯선 아이에게 자꾸 물을 수도 없는 일이었다.

'지내다 보면 알겠지.'

장만은 그보다 깐깐한 태수 어른이, 그리고 앞으로 독경을 배울 일이 더 걱정이었다.

고된 길

　남산골에서의 하루는 눈 깜짝할 새 지나갔다. 장만은 독경을 배우는 것이 쉽지 않으리라 짐작했지만, 이 정도일 줄은 몰랐다.

　동두칠성 남두칠성 서두북두에 칠성님 동두칠성 남두칠성 서두북두에 칠성님 사사명산 오악명산

　독경을 배우려면 어른이 들려주는 경문 구절을 정확히 기억했다가 그대로 뱉어야 했다. 그런데 소리라는 것은 쏜 화살처럼 순식간에 사라졌다. 온 신경을 집중해도 자꾸만 놓치는 구절이 생겼다. 그럴 때면 장만의 등에서 식은땀이 흘렀다.
　"어른, 한 번만 더 들려주십시오."
　"경문은 그 뜻을 생각해야 해. 한자로 되어 있는 말을 음만 따서

읽는 것이니, 그것을 외는 것이 쉽지 않을 게야."

다행히 어른은 정신 차리라는 말을 꼭 덧붙이면서도 같은 구절을 몇 번이나 읊어 주었다.

"밥을 먹을 때도, 몸을 씻을 때도, 입으로는 경문을 외야 한다. 네 몸이 경문을 기억해야 해."

처음엔 장만도 그 말의 의미를 알지 못했다. 하지만 시간이 지날수록, 그리고 끊임없이 경문을 외고 또 욀수록 그 뜻이 또렷해졌다. 장만은 밤에 자면서 잠꼬대로 경문을 외더라는 한주의 말을 듣고 나서야 마음을 놓았다.

장만은 누구보다 빨리 독경을 익히고 싶었다. 그래서 명통시에 들어가고 싶었다. 당미를 구하느라 힘들 아버지를 생각하면 게으름을 피울 수가 없었다. 그리고 꼭 빨리 돈을 벌어 아버지와 덕수를 행복하게 해 주고 싶었다. 하지만 마음이 조급할수록 실수가 잦았다. 그렇게 외고 또 외웠는데도 장단을 얹으려고 하면 머릿속에서 경문 구절이 사라졌다. 하나하나 외운 구절을 연결해 하나의 통으로 읊을 땐, 또 어딘가 구멍이 생겼다. 해도 해도 끝을 알 수 없을 것 같은 막막함에 어느 날은 주저앉아 울기도 하고, 어느 날은 그냥 도망쳐 버릴까 하는 생각까지 들었다. 그럼 또다시 소리가 흔들렸다.

"판소리꾼들은 목구멍에서 피가 올라올 때까지 소리를 한다. 경문을 외는 정도로 뭘 그리 엄살이야?"

평소엔 말수가 적은 어른이지만, 호되게 다그칠 땐 또 달랐다. 장만은 엄살이란 말에 오기가 생겼다. 어떻게 찾아온 길이고, 어떻게 얻은 기회인데 싶어서 쉽게 놓을 수도 없었다.

하지만 하나의 경문을 겨우 다 익혔다 싶으면 또 다른 경문을 배워야 했고, 대체 앞으로 남은 경문이 얼마나 될까 싶어 막막할 때도 많았다.

장만에게 독경을 익히는 것보다 더 힘든 건 춘택이었다. 시간이 지날수록 '춘택이랑 부딪히지 않는 게 좋을 거야'라고 했던 한주의 말이 옳았다는 걸 깨달았다.

한주 말로는 한때는 잘나가던 양반집 자제라고 했다. 당쟁에 밀려 몰락한 양반가에, 어미가 노비 출신 첩이라 실상 양반 호적에 오르지도 못했다고 했다. 그래도 도와주는 아이도 데리고 다닐 만큼 형편도 넉넉하고, 당미도 넉넉히 내니까 아주머니는 춘택 앞에선 살살거렸다. 그 때문인지 춘택은 독경을 배우러 와서도 양반 노릇을 하려고 했다. 장만을 무슨 자기 하인 대하듯 함부로 대하고, 걸핏하면 뭘 시키려고 들고 그것도 제 맘에 들지 않으면 골을 부렸다.

눈치 빠른 한주는 아니꼬워하면서도 춘택의 비위를 살살 맞췄다. 장만보다는 1년이나 앞서 들어왔으니, 함께 보낸 세월도 무시할 수 없었다.

"알고 보면 춘택 형도 불쌍해, 멀쩡히 태어났는데 아홉 살에 눈이 멀고 그 충격 때문에 처음엔 말도 잃고 영 힘들었던 모양이야. 그 꼴을 못 보고 아버지가 어른께 데려왔다더라고. 독경을 배우면서 마음도 가라앉히고 명통시에 들어가라고. 어른도 무슨 사연이 있는지, 제자라는 제자는 다 내치면서 춘택은 또 두더라고. 만날 독경을 배울 놈이 아니라고 나무라시면서도….."

사연을 듣고 있으려니 남 일 같지 않았다. 하지만 그게 고약하게 구는 이유가 될 순 없다고 생각했다. 게다가 자신도 앞을 못 보는 처지에 누굴 불쌍히 여길 건 더더욱 아니었다. 다만 남산골에서 지내는 동안 장만은 별 탈 없이 지내고 싶었다. 그런데 시간이 지날수록 춘택의 못된 짓이 도를 넘었다.

'네깟 놈이 무슨 독경이야?', '내가 저런 놈하고 독경을 같이 배울 처지야?' 이런 말을 해 대며 무시하는 건 기본이고, 어른이 장만에게 무슨 이야기를 전하라고 하면 절대 알려 주는 법이 없었다. 데리고 다니는 돌이라는 아이를 시켜서 마실 물에 재를 뿌려 놓는가 하면, 앉는 자리에 뾰족한 돌을 놓아두기도 했다. 그래 놓고는 자기 짓이 아니라고 딱 잡아뗐다.

장만도 처음엔 이유가 궁금했다. 뭣 때문에 못살게 구는 걸까? 생각해 보면 특별한 이유도 없을 것 같았다. 혹시 자기는 1년 넘게 걸려 배운 독경을 채 두 달도 되지 않아 척척 해내니, 배알이 꼬인 걸까? 독경을 배울 때마다 내 앞에서 번번이 혼이 나고, 비교를 당하니 미워할 수도 있겠다 싶었다.

그래서 장만은 더 신경을 쓰지 않기로 했다. 춘택이 누구든, 뭘 어찌하든. 목표는 오로지 하나였다. 명통시!

하지만 결국 일이 벌어지고 말았다. 장만이 독경 수련을 하려고 방에 들어가 앉으려 할 때였다. 순간 엉덩이에 물컹거리는 것이 닿더니, '꾸욱!' 소리를 내며 뭔가가 튀어 올랐다. 장만은 놀라 벌러덩 자빠졌다.

"아앗! 이게 뭐야?"

그때, 방에서 누군가 후다닥 뛰어나가는 소리가 들렸다. 몸에 소름이 돋았다.

"뭔 난리야? 조심하지 않고."

춘택이었다. 놀라기는커녕, 웃음을 억지로 참는 게 느껴졌다.

"네가 한 짓이지?"

장만은 화가 나서 참을 수가 없었다. 그런데 되레 큰소리를 친 건 춘택이었다.

"무슨 소리야? 네가 봤어? 봤냐고? 증거 있으면 내놔 봐."

진짜 기가 막혔다. 같은 처지에 어떻게 저런 말을 내뱉을까 싶었다.

"네가 돌이를 시켜서 한 짓이잖아."

안 봐도 뻔했다. 성질 같아서는 양반집 아들이고 뭐고 한바탕 소리라도 지르고 싶었지만. 집에서 시끄러운 소리가 나면 이유 불문하고 쫓아낼 거라는 어른의 말에 장만은 이를 악물며 참았다. 춘택이 하나 때문에 힘들게 얻은 걸 잃을 순 없었다.

소란에 놀라 밖에 있던 한주가 뛰어 들어왔다.

"형, 무슨 일이야? 넘어졌어? 손목에 피!"

넘어지면서 화로에 부딪힌 것까진 알았는데, 피가 나는 줄은 몰랐다. 피라는 말을 들으니 손목이 더 시큰거렸다.

"방 안에 웬 두꺼비야? 누가 징그럽게 다리까지 부러뜨려 놨어?"

물컹댄 것이 두꺼비라니. 장만은 기분이 더 더러웠다.

'미친놈!'

속으로 말을 삼켰다.

"형, 가서 어른한테 말씀드려야 하지 않을까? 계속 두면 안 될 것 같은데."

한주가 피를 닦아 주며 조용히 말했다. 춘택이 하는 짓은 갈수록 고약해지는데 한주도 말릴 처지는 아니었다.

"그냥 둬."

장만은 고개를 저었다. 일을 크게 만들고 싶지 않았다. 부글거리는 속을 가라앉히며 장만은 독경 연습을 했다. 하지만 속이 제 속이 아닌지라 계속 소리가 흔들렸다. 결국 어른이 장만을 보고 한소리를 했다.

"정신을 어디다 놓고 있는 게야? 독경이 오락가락 널을 뛰잖아. 너 혹시 명통시 시험 때문에 그러는 거야?"

그 말에 장만은 화들짝 놀랐다. 사실 얼마 전 명통시에서 독경사를 선발하는 시험이 몇 달 뒤 치러질 거라는 소식이 전해졌다. 그 사실을 알고 난 뒤 장만은 마음이 뒤숭숭했다. 독경을 익힌 시간이 길지는 않지만, 아직 준비할 시간도 남아 있으니 장만은 꼭 가 보리라 마음을 먹었다.

그 뒤로 장만은 자꾸 조급해졌다. 잠자는 시간, 화장실 가는 시간까지 아껴 가며 경문을 외고 또 외웠다. 그런데 그럴수록 오히려 소리가 흔들렸다. 머릿속엔 떠오르는 경문이 입으로는 뱉어지지 않았다.

어른은 그걸 어떻게 알았을까? 시험을 보러 가겠다는 말을 한 번도 입 밖에 꺼내지 않았는데. 장만은 숨기고 있던 속내를 들킨 것 같아서 움찔했다.

"아직 때가 되지 않았어. 독경이 어디 번갯불에 콩 볶아 먹듯이 그렇게 익힐 수 있는 것이더냐? 네 노력이 부족하다는 게 아니야. 그릇이 다 차지 않았다는 게지."

어른의 목소리가 차가웠다. 장만도 어른의 뜻을 모르는 것은 아니었지만, 그래도 내심 서운했다. 시험을 치러 가서 붙든, 떨어지든, 열심히 해 보라는 말을 해 주면 얼마나 좋을까? 게다가 옆에 춘택까지 있는데 그런 말을 듣고 있으려니 얼굴이 자꾸만 화끈거렸다. 게다가 춘택이 녀석의 장난질 때문에 속이 부글거려 독경을 놓친 것이라 말할 수도 없었다.

어른의 화살이 이번엔 춘택을 향했다.

"춘택이 너는 어쩔 생각이야? 독경을 배운 지가 언제인데. 너야말로 이번에는 명통시에 들어가야 하지 않겠느냐? 네 아비의 소원이 네가 관복 입는 모습을 보는 것이라는데. 쯧쯧."

그 말에 춘택의 숨소리가 거칠어졌다. 하지만 어른의 말씀이니 입도 달싹 못하고 연거푸 숨만 몰아쉬는 게 느껴졌다.

"오늘은 너희 둘 다 마음부터 다잡아야겠다. 내가 다시 돌아올 때까지 옥추경*을 외면서 머리부터 비우거라."

어른은 그 말만 남기고 밖으로 나갔다. 어른이 밖으로 나간 지 한참이 지나자, 경문을 외기는커녕 가만히 앉아 있던 춘택이 또다시 시비를 걸었다.

"하하, 꼴좋나. 네깟 놈이 무슨 독경이야?"

황당해서 말이 나오질 않았다. 어른이 자기한테 한 소리는 싹 다 까먹은 모양이었다. 장만은 아무런 대꾸도 하지 않고, 나직이 천수경을 외웠다. 춘택이 하는 어이없는 짓에 걸려들고 싶지도 않았다. 그러자 춘택은 장만이 못 들었다고 생각했는지, 한 번 더 입을 놀렸다.

---

* 악귀를 쫓을 때 읽는 경문.

"그러니까 네깟 놈이 무슨 명통시냐고?"

장만은 저도 모르게 주먹을 쥐었다. 춘택의 말이 선을 넘었다고 생각했다.

"뭐라고? 지금 뭐랬어?"

목소리를 높이자 원했던 반응인지 춘택은 되레 실실 웃으며 말했다.

"앞만 못 보는 줄 알았더니 이제 귀까지 먹었나 보네. 애송이 녀석이 무슨 명통시냐? 관청은 꿈도 꾸지 말라고 했다. 왜?"

마른하늘에 날벼락이었다. 장만은 자기도 모르게 소리를 꽥 질렀다.

"너나 똑바로 해. 너같이 못 돼 먹은 놈은 독경을 배울 자격도 없어."

순식간에 날아간 말이었다. 장만도 아차 싶었지만, 이미 뱉었으니 주워 담을 수도 없었다.

"이 상놈의 새끼가 진짜 미쳤나?"

'우당탕' 소리와 함께 상이 바닥에 뒹구는 소리가 났다. 그 순간 방문이 벌컥 열리면서 어른의 목소리가 쩌렁쩌렁 울렸다.

"이놈들이! 지금 뭐 하는 짓이야? 독경을 배운다는 놈들 입에서 상스러운 말이 오가다니."

귀청이 떨어질 듯 큰 소리였다. 장만은 가슴이 철렁 내려앉았다. 홧김에 입을 열었다가 이런 사달이 날 줄이야. 장만은 잘못했다고 말하며 바닥에 납작 엎드렸다. 그런데 약이 제대로 오른 춘택은 어른에게 끝까지 대들었다.

"그럼 저놈이 입을 함부로 놀리는데, 가만있습니까?"

"아니, 그래도 이놈들이!"

어른의 입에서 나온 말은 '이놈'이 아니고, '이놈들'이었다. 춘택의 온갖 못된 짓에도 꾹 참았는데 결국 한번에 같은 죄인이 되고 말았다.

"한주야, 회초리를 가져오너라."

어른은 받아 든 회초리로 장만과 춘택의 종아리를 번갈아 후려쳤다.

회초리가 종아리에 닿을 때마다 '악' 소리가 절로 났다. 살점이 떨어져 나가는 것처럼 아팠다.

"잘못했습니다. 다시는 이러지 않겠습니다."

장만은 울면서 매달렸지만, 춘택은 이를 꽉 깨물고 끝까지 소리 한 번 내지 않았다. 눈에서 눈물이 하염없이 쏟아졌다. 얼마나 맞았는지 장만은 다리가 후들거렸다. 비 맞은 볏단이 내려앉듯 장만은 풀썩 주저앉았다. 그제야 회초리가 바닥에 툭 떨어졌다.

"독경한다는 놈들이 싸움질이나 하고. 한 번 더 소란을 피우면 진짜 발도 들이지 못하게 할 테니. 그리들 알아."

그 말만 하고 어른은 들어가 버렸다. 장만은 맞은 종아리보다 가슴이 더 아팠다. 억울하고 서러워 눈물조차 나질 않았다. 정신

나간 사람처럼 가만히 주저앉아 있었다. 일어날 기력도, 생각도 없었다. 그런데 거기서 끝나질 않았다. 춘택의 서슬 퍼런 소리가 뒷덜미를 잡았다.

"두고 봐라. 내가 가만두나. 너 때문에 이 꼴을 당했으니 그냥 넘기진 않을 거야."

장만은 그 말에 반응할 힘도 없었다. 이 와중에도 저렇게 입을 놀리는 녀석이 대단하다 싶을 뿐이었다. 춘택은 돌이를 불러 집으로 가 버렸다.

한참 뒤에야 장만도 한주 어깨에 기대 절뚝거리며 방 안으로 들어왔다. 바짓가랑이라도 닿으면 종아리가 찢겨 나갈 듯 아팠다. 똑바로 누울 수가 없어 모로 누웠는데 머리를 받힌 손등으로 눈물이 뚝뚝 떨어졌다. 어디선가 아버지의 목소리가 들리는 것 같았다.

"세상에 만만한 일이 하나도 없다."

시작도 못 해서 주저앉게 하는 말이었다. 장만은 이 말이 세상에서 제일 싫었다. 그런데 오늘은 그 뜻을 알 것만 같았다. 고되고 힘든 길이었다.

한주

"형, 괜찮아?"

회초리를 맞은 다리가 계속 욱신거렸다. 장만은 똑바로 누울 수도 없어서 베개에 얼굴을 대고 엎드려 있는데, 한주가 방 안으로 들어왔다.

"형, 이거 감채 달인 물에 담근 천이야."

따끔거리는 종아리에 천 조각을 얹어 놓으니, 아픈 게 좀 덜한 듯도 했다. 하지만 가슴이 답답한 건 매한가지였다. 장만은 오늘따라 아버지 생각이, 덕수 생각이 간절했다.

'집에라도 한번 다녀올까?'

그 생각을 하다가 장만은 고개를 저었다. 그러면 마음이 더 약해질 것 같았다.

냉기 가득한 이 집에 한주가 있는 게 얼마나 다행인지 몰랐다.

한주가 없었다면 장만은 하루하루를 어떻게 버텼을까? 온갖 궂은 일은 다하면서 앞 못 보는 어른 시중도 들고, 거기다 장만까지 살피려면 몸이 남아나질 않을 텐데. 한주는 장만의 부탁에 생전 싫은 소리 한 번 한 적이 없었다. 장만은 그런 한주가 너무 안쓰러웠다. 장만은 안 되면 다시 돌아갈 집이라도 있지만, 한주는 기댈 곳 하나 없을 텐데.

"한주야, 너는 어쩌다 남산골까지 오게 됐어?"

장만이 천 조각을 조심스레 뒤집어 주는 한주에게 물었다. 함께 지낸 지가 한참인데도 한주는 통 자기 이야길 하지 않았다.

"나? 그러게. 어쩌다 내가 여기까지 왔을까?"

한주의 목소리도 푹 가라앉아 있었다. 낮에 벌어진 일에 한주도 적잖이 놀란 모양이었지만, 그래도 장만의 물음에 입을 열었다.

"내 고향은 한양 한참 아래쪽이야. 그런데 몇 해 전 여름에 장대비가 열흘 내내 내리더니 뒷산이 우르르 무너졌지. 그 바람에 마을 하나가 다 사라졌어. 나는 살 목숨이었는지 때마침 친척 집에 심부름을 갔었는데, 이틀 만에 돌아와 보니 집은 흙더미에 다 덮였고 지붕만 간신히 보이더라고."

한주는 거기까지 말하고는 목이 메는지 잠시 말을 멈췄다.

"가족도 잃고 집도 잃고 여기저기 엄청 떠돌았지. 그 겨울에 거지꼴을 해서 남산골로 왔는데, 열흘이 넘도록 물 한 모금 못 마시고 밖에서 다 죽어 가고 있었는데 다행히 태수 어른이 구해 주셨어. 그러다가 이렇게 슬쩍 눌러앉게 된 거지."

한주 말로는 옛날에는 어른을 찾아오는 제자들이 적지 않았다고 했다. 그래서 몸이 빠른 한주가 수발도 척척 들고 집안일도 잘해서 아주머니도 꽤나 마음에 들어 했다고 했다. 그런데 어른이 무슨 일인지 제자들을 죄다 내보내고 살림이 어려워지니 아주머니가 한주더러 군식구네 뭐네 하며 눈치를 준다는 거였다.

"그래도 아주머니가 그리 나쁜 사람은 아니야."

한주는 늘 이렇게 좋은 말로 끝을 맺었다.

"형, 얼른 자. 며칠은 산에 오르기 힘들 테고 부기가 좀 가라앉으면 가자."

장만은 대답 대신 고개를 끄덕였다. 한주가 있어서 또 한고비를 그나마 넘길 수 있을 것 같았다.

열흘 넘게 부어 있던 다리가 가라앉고 나서야 둘은 산에 올랐다. 장만은 다리가 좀 묵직하긴 했지만, 그래도 간만에 머릿속이 맑아지는 것 같았다.

"형, 안 힘들어?"

"힘들긴, 이젠 진짜 오를 만해."

산을 오르는 장만의 숨이 점점 가빠졌다. 그건 정상에 다다랐다는 신호기도 했다. 장만은 이 순간이 가장 행복했다.

"난 내가 이렇게 산 정상까지 오를 수 있으리라곤 생각지도 못했어. 처음엔 진짜 뭘 잘못 들었다고만 생각했는데."

장만은 그날이 떠올랐다. 남산골에 온 바로 이튿날이었다. 아침마다 산에 오르라는 어른의 말에 두 귀를 의심했다.

"네? 산이요?"

온전한 평지도 조심스러워서 새로운 길은 아예 엄두도 내지 않는 맹인에게 산이라니. 장만은 두 귀를 의심했다.

"그래. 산이라 했다. 독경하는 사람은 마음이 정갈해야 해. 가파르지 않은 산이니 오르내리며 잡념을 버리고 머리도 비우거라."

어른의 말이 너무 단호해서 더는 토를 달 수가 없었다.

산에 오르던 첫날, 장만은 정말 죽을 만큼 고생을 했다. 한주가 앞장서며 손을 잡아 주는데도 나무 둥치에 걸려 넘어지고, 나뭇가지에 온몸이 긁혔다. 산 입구를 벗어나는 데만 거의 반나절이 걸렸고, 집으로 돌아와서는 꼬박 며칠을 앓아누웠다.

그런데도 어른은 아침마다 장만을 산으로 쫓아냈다. 어느 날은 미끄러운 흙길에 발이 미끄러지고 어떤 날은 발을 헛디뎌 데굴데굴 구르기도 했다. 그런 날엔 진심으로 어른에게 묻고 싶었다. '굳이 산에 가서 기도를 해야 합니까?'라고.

하지만 시간이 지날수록 장만도 생각이 바뀌었다. 꼼짝 않고 집에 있을 때보다 몸이 훨씬 좋아졌다. 게다가 할 수 없다고 생각했던 일을 해내고 나니 자신감도 붙었다. 그리고 산에 오를 땐 다치지 않고 산에 오르겠다는 일념뿐이니 머릿속에 있던 잡념과 걱정들이 다 빠져나가는 것 같았다.

'산에 오르는 일도 수련이었구나. 눈물 쏙 빠질 만큼 힘든 길을 참고 견뎠으니 산의 정상이 이토록 반가운 거겠지?'

장만은 두 팔을 벌리고 가슴을 활짝 폈다. 차가운 공기에 머릿속이 환해졌다.

혹입천불 혹입지호 혹입천하 혹입지망 명궁산진 년액 월액 일액 시액 현관 비횡지액 고진과숙지액 천강공망지액 년명입묘지액

"형, 지금 하는 독경이 도액경*이지?"

"응, 몇 번을 들어도 계속 빠지는 구절이 생기네. 어른께 한 번 더 해 달라고 하면 혼쭐이 날 텐데."

장만은 독경을 하다 말고, 한숨을 내쉬었다. 같은 경문을 수십 번, 수백 번씩 되뇌어도 꼭 빠지는 구절이 있었다. 장만은 종이에 꾹꾹 눌러 쓰듯, 나무에 하나하나 새겨 넣듯, 독경을 머릿속에 오롯이 새겨 넣었다. 그렇게 악착같이 외워도 늘 어디선가 빈 구멍이 생겼다. 그럴 때마다 어른께 다시 해 달라고 부탁할 수도 없는 노릇이었다.

"자, 장만아, 어제 배운 것을 한번 해 보거라."

---

* 액(불행한 일)을 막을 때 외는 경문.

한주가 어른 흉내를 냈다. 장만의 입에서 '풋' 하고 웃음이 터졌다.

"네. 어른. 잘 들어 주십시오."

장만도 맞장구를 쳤다.

'따닥따닥.'

한주가 손바닥으로 무릎을 치며 장단을 맞췄다.

"에헤이, 이놈아, 장단이 그게 아니야!"

한주가 나뭇가지를 손에 들고 바닥을 '탁탁' 치며 말했다. 영락없는 태수 어른이었다.

"네네, 다시 해 보겠습니다."

장만은 어른께 하듯 정중히 말했다.

한주는 귀가 밝았다. 서당 개 3년이면 풍월도 읊는다는 말처럼 한주도 경문을 곧잘 외웠다. 그래서 장만이 연습을 할 때마다 틀리는 부분도 짚어 주고, 장단도 맞춰 주었다. 장만은 그런 한주가 늘 든든했다.

"고마워."

"왜 그래? 남사스럽게. 헤헤."

머쓱하게 웃으며 한주는 장만의 손에 지팡이를 쥐어 주었다. 그만 일어나자는 신호였다. 산을 내려오면서도 장만은 내내 웃었다.

명통시 시험이 다가올수록 장만은 자꾸만 초조해졌다. 잠도 줄

여 가며 연습에 매달린 탓인지 몸도 영 평소 같지 않았다. 머리를 식히고 좀 쉬어야겠다는 생각이 들 때였다. 아침을 먹고, 나무 그루터기에 기대앉은 장만에게 한주가 다가왔다.

"형, 오늘이 벌써 초하루네."

"초하루? 날이 벌써 그리 되었어?"

그러고 보니 한주와 명통시에 가 보기로 약속한 지도 꽤나 되었는데, 한주 사정이 여의치 않아 차일피일 미루다 보니 계속 달을 넘긴 것이었다.

초하루와 보름이면 명통시 독경사들이 모여 나라의 안위를 비는 독경을 했다. 각 부에서 올라온 독경사들이 돌아가며 축수를 할 때도 있고, 나라의 관리들이 찾아와 함께 축원을 하는 날도 있었다. 한양이 아니면, 명통시가 아니라면 이렇게 높은 수준의 독경을 어디서 들을 수 있을까? 장만은 기회가 되는 대로 명통시 앞을 찾아가 독경을 들으려고 했다.

하지만 그런 날엔 보초가 더 삼엄했다. 독경에 방해라도 될까 싶어 대문 앞을 서성이는 것조차 아예 막아 버렸다. 그래서 장만은 명통시 뒤편 사람들이 지나지 않는 길에 서서 담을 넘어 오는 독경 소리를 듣곤 했다. 그렇게라도 명통시를 다녀오면 늘 마음가짐이 달라졌다.

"그래. 오늘은 꼭 가자. 미룰 일이 따로 있지."

바쁜 일도 제쳐 두고 함께 길을 나서 준다는 한주가 장만은 고마웠다. 대문을 나서 명통시로 가는 내내 장만은 설레고 또 설렜다.

'명통시에 가면 어떤 경문을 들을 수 있을까? 오늘은 독경사가 얼마나 모일까?'

이런저런 생각을 하며 걷느라 장만은 금세 명통시에 도착했다. 그런데 명통시로 돌아드는 길목부터 장만의 걸음이 계속 느려졌다. 지팡이도 자꾸만 같은 자리를 맴돌았다.

"형, 왜? 서둘러야지. 독경이 벌써 시작된 것 같은데."

한주가 장만의 옷자락을 잡아당겼다. 하지만 장만은 서두르고 싶지 않았다.

"한주야, 좀 천천히 가자."

명통시에 가까워질수록 선명해지는 독경 소리가 마치 장만을 끌어당기는 듯했다. 무언가에 홀린 것처럼 장만은 명통시 대문 쪽으로 가까이 들어섰다.

"형, 오늘따라 대문이 활짝 열려 있고 독경사들이 쭉 줄지어 서 있어. 규모가 꽤 큰 모양이야."

장만은 한주의 말을 따라 머릿속에 한 장면씩 그려 나갔다.

'나도 내년엔 저 끝 어딘가에 서 있을까? 관복을 입고 명통시에 서 독경을 할 수 있을까? 그런 내 모습을 아버지가 본다면, 얼마나 자랑스러워하실까?'

생각만으로도 가슴이 벅찼다.

명통시는 새로운 세상이었다. 양반에게도, 천인에게도, 누구에게나 똑같이 열려 있고, 실력이 뛰어난 자는 관직을 얻을 수 있는 곳! 그곳이 바로 명통시였다.

'노력할 거야. 언젠가는 나도 저 명통시 대문이 아니라, 관청 안 누각까지 오를 수 있겠지? 그리고 언젠가는 내 독경 실력을 알게 된 궁궐 사람들이 나랏일이 있을 때마다 나를 찾아올 거야.'

독경을 따라 시작된 장만의 상상은 끝 간 데를 모르고 뻗어 갔다.

"한주야, 나도 언젠가는 저 곳에 설 수 있겠지?"

장만의 목소리가 희미하게 떨렸다.

"그럼, 멀지 않았어."

그 어떤 말보다 큰 위로가 되는, 진짜 응원이 되는 말이었다.

사연

한참 독경에 빠져 있던 장만의 뒤에서 누군가 어깨를 툭툭 건드렸다.

"알았어."

대문 앞에서 얼른 물러나자는 한주의 신호로 생각한 장만이 뒤로 살짝 돌았다. 그런데 그 순간, 여자아이의 목소리가 들렸다.

"너 장만이 맞지? 여긴 어쩐 일이야?"

그 목소리를 듣자마자 장만의 얼굴이 시뻘겋게 달아올랐다. 누구인지 금세 알아챘지만, 선뜻 뭐라고 말을 할 수가 없었다.

"놀랐구나? 미안해. 나 연우야. 지난번 주막에서 만났던….."

연우는 거기에서 멈추었다. 놀란 마음에 제대로 인사를 하지 못한 것이 연우를 어색하게 만든 것 같아 장만은 살짝 미안해졌다.

"뭐라고? 장만이라고? 너를 여기서 만나는구나. 허허."

김소경 어른의 목소리였다.

"어른!"

장만은 반가운 마음에 소리를 지를 뻔했다.

명통시에 올 때마다 어른을 생각했지만, 찾아뵐 엄두가 나질 않았다. 주막에서 만난 분이 소경이라는 높은 직책을 가진 분일 줄이야. 언젠가는 명통시에 찾아가 정식으로 인사를 드려야지 하고 늘 생각만 하던 참이었는데, 이렇게 또 우연히 만나게 될 줄이야.

"내가 반갑긴 한 모양이구나. 허허, 네 소식은 가끔 태수에게 들었다."

장만은 그 말에 또 한 번 놀랐다. 어른이 내 소식까지 듣고 계셨다니, 게다가 어른을 '태수'라고 부를 만큼 가까운 사이일 줄이야. 얼떨떨해 서 있는 장만 앞에서 또 다른 목소리가 들렸다.

"허허. 이 아이가 그 깐깐한 하태수 밑에서 독경을 배운다는 아이인가? 고생을 꽤나 하겠는데?"

당황한 장만이 뒤로 주춤 물러났다. 그러자 연우가 얼른 말을 이었다.

"이분은 명통시의 허소경 어른이셔. 그렇지 않아도 두 분이 남산골에 가려고 나선 길이셨거든."

"남산골이요?"

장만은 이게 무슨 일인가 싶었다. 명통시의 소경 두 분이 태수 어른을 만나러 간다는 건가? 그런데 그때 대뜸 김소경 어른이 말했다.

"그래. 태수를 보러 가는 길이니, 너도 같이 가면 되겠구나."

장만은 무슨 일인지 궁금했지만, 감히 물을 수도 없었다. 일단 대답부터 하고, 조용히 그 뒤를 따랐다. 하지만 머릿속은 온통 물음으로 가득했다.

그러고 보면 장만은 태수 어른에 대해 아는 것이 거의 없었다. 어른은 과거 이야기는 물론이고, 누구에게 독경을 배웠는지에 대한 이야기도 한 적이 없었다. 게다가 집으로 찾아오는 사람도 거의 없어서 장만은 어른을 의심한 적도 있었다. 독경으로 유명한 분이 왜 이렇게 외진 마을에, 그것도 허름한 집에서 지낼까 싶어서 한주에게 슬쩍 물어본 적도 있었다. 그랬더니 돌아온 답이 의외였다.

"어른이 별나게 구니까 주변에 사람이 없지. 독경을 청하는 사람들한테도 걸핏하면 쓴소리를 해 대는데, 누가 오겠어? 누구는 마음 씀씀이가 틀렸다고 내보내고, 장사치가 오면 욕심을 너무 부리면 안 된다고 가르치고, 늘 부처님 반 토막 같은 말씀만 하잖아."

장만도 한주의 말이 틀리지 않았다고 생각했었다. 어른은 늘 옳고 그른 일에 선이 확실했다. 그러니 맑은 물에 고기가 모이지 않듯 주위에 사람이 없는 거란 생각이 들었다. 하지만 또 신기한 건, 병에 걸려서 다 죽어 가는 남편을 살리겠다고 보리쌀 한 바가지를 들고 온 아낙네를 위해서는 먼 길도 마다하지 않는다는 거였다. 그런 걸 보면 참 욕심도 없는 분이었다.

그런데 갑자기 명통시의 소경 두 분이 태수 어른을 찾아간다니, 장만은 갑자기 어른이 달리 느껴졌다.

'혹시 태수 어른도 명통시에 계셨던 건 아닐까?'

생각이 거기까지 닿자 장만은 고개를 내저었다. 그건 아닌 것 같았다. 어른은 한 번도 명통시를 좋게 말한 적이 없었다.

이런저런 생각을 하며 걷다 보니 어느새 남산골이었다.

"어르신, 명통시에서 손님이 오셨습니다."

한주가 쩌렁쩌렁한 목소리로 어른을 부르며 싸리문을 열어젖혔다. 그런데 유난을 떠는 한주가 못마땅했는지, 어른은 애꿎은 한주를 나무라며 말했다.

"무슨 목소리가 그렇게 커? 그리고 두 사람은 어찌 기별도 없이 먼 걸음을 하셨는가?"

두 발로 뛰어나와 반갑게 맞을 줄 알았던 장만의 생각은 틀린 듯했다.

"어허 그 사람, 오랜만에 보는 사람한테 하는 인사치고는 영 별로일세."

하지만 소경 어른은 익숙하다는 듯 농을 치며 인사를 건네고 안으로 쓱 들어갔다. 그러고는 셋이서 한참 동안 이야기를 나눴다.

장만은 애꿎은 빗자루를 들고 마당을 서성였다. 안에서 나는 소리가 계속 신경이 쓰여서였다. 사실 넓지도 않은 집이라 마음만 먹으면 방 안에서 나는 소리도 다 들을 수 있었다. 한주도 장만의 옆에 와서 계속 딴소리를 하더니 나중엔 대놓고 물었다.

"명통시 분들이 왜 오셨을까?"

"쉿!"

장만은 손가락을 얼른 입에 갖다 댔다. 혹시나 안에서 눈치라도 채면 혼쭐이 날 일이었다. 그때, 안에 있던 어른들의 목소리가 높아졌다.

"난 생각이 없네."

태수 어른이었다. 딱 자르는 말투가 차갑게 들렸다.

"자네는 언제까지 남산골에서 지낼 텐가? 궁에서도 자네를 찾는데 말이야."

"그래. 그만하면 이제 명통시로 돌아올 때도 되지 않았나?"

'명통시'라는 말이 들리자 장만은 흠칫 놀랐다. 자기도 모르게 방문 쪽으로 걸음을 옮기고 있었다.

"세자가 기일에 맞춰 산소를 가신다네. 자네를 그렇게 의지하고 따랐던 세자를 모른 척하면 안 되지. 그리고 자네를 억울하게 만들었던 사람들은 이미 명통시를 떠나지 않았는가?"

장만은 귀로 듣고 있으면서도 마치 귀신에 홀린 듯했다. 지금 이야기를 나누는 사람이 진짜 소경 어른 두 분과 태수 어른인가 싶었다. 명통시라니, 세자라니. 어느 것도 태수 어른과 연관이 없을 듯한 이야기였다.

"너 여기서 뭐 해?"

연우 목소리에 장만은 놀라 뒤로 넘어질 뻔했다. 어른들이 이야기를 나누는 동안 마을 구경을 하고 온다던 연우가 이렇게 일찍 돌아올 줄 몰랐다.

"어른들 얘기를 엿들으면 안 되지."

장만은 자기도 모르게 두 손을 모아 한 번만 봐 달라는 시늉을 했다. 어른께 들키면 진짜 혼이 크게 날 일이었다. 그런데 걱정과 달리 연우는 키득거리며 말했다.

"왜? 뭐가 그리 궁금한데?"

"아니, 그게 아니라. 난 그냥 안에서 큰소리가 나는 것 같아서…."

변명 같은 말들을 늘어놓다가 장만은 말을 멈췄다. 생각해 보니 답을 해 줄 수 있는 사람은 연우뿐이었다.

"그런데 태수 어른이 정말 명통시에 계셨던 거야?"

장만이 대뜸 묻자, 연우는 조금 놀란 듯 말이 없었다. 그러더니 장만을 마당 한구석으로 데려가며 목소리를 낮췄다.

"태수 아저씨가 자기 이야길 잘 안 하시지? 명통시에 계실 때 세 분이 엄청 막역한 사이셨지. 그래서 지금도 명통시로 돌아왔으면 하시고."

장만은 그 말에 놀라움을 감출 수가 없었다. 하지만 그보다 더 궁금한 건 명통시를 나온 이유였다. 그런 장만의 마음을 마치 들여

다보기라도 한 듯 연우가 말을 이었다.

"아저씨를 시샘하는 독경사들만 아니었어도 억울한 일에 휘말리진 않았을 텐데."

"억울한 일?"

장만의 귀에 가장 먼저 들어온 말이었다. 그냥 넘길 수가 없었다.

"어른에게 무슨 안 좋은 일이 있었던 거야?"

장만이 놀라 되묻자 연우는 당황한 듯 잠깐 말이 없었다. 그러더니 잠시 후에 '나도 잘 모르지만'이란 말로 입을 열었다.

"명통시에 아저씨를 시샘하는 독경사들이 많았나 봐. 실력이 워낙 뛰어나고 자주 궁에도 불려 다니고 하셨으니까. 금방 아저씨 잘못이 아니라는 게 밝혀졌는데도 그 길로 명통시를 나가 버리셨다고 들었어."

혹여 누가 들을까 걱정이 됐는지 연우는 최대한 목소리를 낮췄다.

"그런데 이런 얘기 절대 내가 했다고 하면 안 돼. 나도 아버지를 모시고 다니면서 주워들은 이야기니까."

조심스러워 하는 연우의 말에 장만은 일부러 몇 번이나 고개를 끄덕였다. 그때 방문 열리는 소리가 났다.

"연우야. 해가 지기 전에 가자꾸나."

아버지의 부름에 연우가 금세 달려갔다. 대단히 큰 잘못을 한 것도 아닌데, 얼굴이 자꾸 화끈거렸다. 장만은 한 손으로 볼을 스

육 문지르며 어정쩡하게 걸어가서 어른들께 인사를 올렸다.

"조심해서 가십시오."

"그래, 장만아! 부지런히 배우고 익히거라. 그리고 명통시에 들르거든 꼭 찾아오고."

김소경 어른의 목소리가 너무나 따뜻했다. 장만은 세 사람의 발소리가 사라질 때까지 문 앞에 서 있었다. 한주가 멍하니 서 있는 장만의 손등을 툭 치며 말했다.

"형! 아까 무슨 이야기를 그렇게 심각하게 나눈 거야?"

"뭐? 뭘 심각해?"

장만은 저도 모르게 말을 버벅거렸다.

"그런데 그분 정말 곱더라. 마치 하늘에서 내려온 선녀 같다고 할까?"

한주의 농에 심란했던 장만의 마음도 조금은 사라졌다.

"뭐라고?"

장만은 연우가 목소리만큼이나, 마음만큼이나 어여쁜 사람이라는 말에 괜히 혼자 얼굴이 또 붉어졌다.

"한주야, 얼른 저녁이나 짓자."

쑥스러운 마음에 장만은 딴소리를 하며 부엌으로 쓱 들어가 버렸다. 정말 생각지도 못한 일들이 많이 일어난 날이었다. 그리고 많은 것을 알아 버린 날이었다.

무너진 꿈

아침 바람이 유난히 차가웠다.

아궁이에서 데운 물이라 했는데 손을 담그니 손가락 끝이 얼얼했다. 그래도 장만은 뽀득뽀득 소리가 나도록 얼굴을 문질렀다. 물기가 날아가면서 얼굴은 금세 시렸지만, 기분은 상쾌했다.

"형, 서둘러야 해. 사시*까지 명통시에 가려면."

한주가 옆에서 재촉했다. 말쑥한 모습으로 시험장에 가려다 출발이 자꾸 늦어졌다.

"그래. 얼른 나서자! 음음."

장만은 목소리를 한 번 가다듬고 옷고름도 고쳐 맸다.

"형, 안 떨려?"

---

* 오전 9~11시.

"떨리기는. 오히려 설레는데?"

명통시에서 독경사를 선발하는 날이었다. 1년에 딱 한 번뿐인 기회라 장만은 얼마나 애를 태우며 기다렸는지 모른다. 그만큼 독경에만 매달려 잘할 거라는 자신감도 생겼다.

만날 무슨 관직 타령이냐며 못마땅해 하던 어른도 막상 시험 날이 다가오자 경험 삼아 한번 해 보라는 말로 장만을 응원했다. 장만은 명통시에 당당히 선발되어 어른에게도 보란 듯이 인정받고 싶었다.

"가자. 한주야."

장만이 마당으로 내려서는데 갑자기 대문이 벌컥 열리더니 누군가 급히 뛰어 들어오는 소리가 들렸다. 쌕쌕대는 거친 숨소리에 놀라 장만이 뒷걸음질 쳤다.

"여, 여기 장만이라는 사람이… 있나요?"

묻지도 않았는데, 여자아이가 먼저 대문을 들어서며 소리쳤다. 얼마나 급하게 왔는지 숨이 턱에 닿아 있었다.

"무슨 일이야? 무슨 일인데 이렇게 급히 나를 찾아?"

뭔가 불길했다. 아침 일찍부터 낯선 이가 찾는 것은 분명 좋지 않은 징조였다.

"지금 얼른 집에 가셔야 해요. 아버지가, 아버지가 위독하시대요."

"뭐, 뭐라고? 아버지가?"

순간, 장만은 하늘이 노래지는 것 같았다. 두 달 전, 집을 다녀올 때만 해도 멀쩡하셨던 분이 갑자기 이게 무슨 일인가 싶었다. 장만은 다리가 떨려 제대로 서 있을 수가 없었다. 그러자 흥분한 한주가 여자아이를 다그치듯 물었다.

"다치신 거야? 아니 어떻게 된 건지 자세히 말을 해야 알아들을 거 아니야."

한주의 목소리가 커지자 여자아이는 조금은 놀란 듯 울먹이며 말했다.

"자세한 건 몰라요. 저도 가서 그렇게 전하라고만 해서 온 거라고요."

장만은 듣고도 믿을 수가 없었다. 멀쩡하던 아버지가 갑자기 위독하시다니.

"누가? 누가 너를 여기 보낸 건데?"

장만이 묻자 여자아이가 답했다.

"동생이라고 했어요. 덕수라는 분, 오늘 꼭 와야 한다고 전해 달랬어요…."

덕수의 이름을 듣자마자 장만은 짐 보따리를 내려놓았다. 분명 더는 묻고 말고 할 상황이 아니었다.

"한주야. 간다. 어른께는 네가 말씀드려 줘."

그때 한주가 장만의 팔을 잡았다.

"형! 잠깐만! 진짜 괜찮겠어? 오늘 명통시에 가지 않으면 또 일

년을 기다려야 해."

한주의 목소리가 나뭇잎처럼 떨렸다. 한주의 마음이 그 떨림으로 충분히 느껴졌다.

"아버지가, 아버지가 위독하시잖아. 가야 해. 지금은 집으로 가야 해."

장만은 한 손으로 한주의 팔을 걷어 냈다. 그러고는 대문 밖으로 내달렸다.

"형, 형! 같이 가. 이렇게 혼자 가면 너무 위험해."

한주가 뒤에서 따라오는 소리가 들렸다.

장만은 정신없이 내달렸다. 평소 같으면 한나절이 넘을 거리를 얼마나 빨리 걸었는지 모른다. 반나절도 되지 않아 마지막 언덕배기를 넘었다. 머릿속엔 빨리 가서 아버지를 뵈야 한다는 생각뿐이었다.

고생을 많이 한 아버지였다. 돌림병으로 어머니가 세상을 떠난 후, 아버지는 아들 둘을 혼자 건사하느라 정신없이 살아왔다. 앞 못 보는 아들에, 아직은 어미 손이 필요했을 어린 덕수까지, 그래도 아버지는 힘들다는 내색 한번 없었다.

살림이 어려워 고향을 떠나올 때도, 일가친척 하나 없는 한양에 와서 자리를 잡느라 갖은 고생을 하면서도 아버지는 늘 '아들 둘 배는 굶기지 말아야지' 하며 죽도록 일만 했다. 무뚝뚝하고 때로는 엄한 아버지였지만 장만에게는 든든한 울타리였고, 기댈 수 있는

버팀목이었다.

독경을 하고 싶다는 장만을 말렸을 때, 그것이 서운해 장만은 아버지를 원망한 적도 있었다. 하지만 지나고 보니, 그것도 장만이 어려운 길을 가게 될까 봐 걱정했던 아버지 마음이란 게 느껴졌다. 남산골로 오고 난 후, 아버지는 때마다 놓치지 않고 당미를 준비해 집 안에 들여놓고 갔다.

그런데 그런 아버지가 위독하다니, 청천벽력 같은 일이었다. 명통시에 들어가고 독경으로 돈을 벌어 아버지를 호강시켜 드릴 생각에 밤낮없이 독경에 매달렸는데. 장만은 도저히 믿을 수가 없었다. 집으로 가는 내내 가쁜 숨이 목구멍을 치고 올랐다.

마을 입구에 거의 다다랐을 때였다.

"덕수야!"

한주가 동생의 이름을 불렀다. 아직 집에까지 가려면 거리가 꽤 남았는데, 이게 무슨 일인가 싶었다.

"형! 형이 이 시간에 왜 여기 있어? 무슨 일 있는 거야?"

손에 쥐고 있던 지팡이가 바닥으로 툭 떨어졌다.

"덕수야, 아버지, 아버지는 지금 어디 계셔?"

"아버지? 아버지는 오늘 칠수 아저씨 댁 잔치에 가신다고 했는데. 나는 장씨 아저씨 댁 일손 도우러 가는 길이고. 그런데 진짜 무슨 일이야? 형. 왜 그래? 얼굴에 핏기가 하나도 없어."

그 말을 듣자마자 옆에 섰던 한주가 흥분해 소리쳤다.

"그럼 그 여자아이는 뭐야? 열 살이나 넘을까 말까 한 여자아이가 왔었어. 아버지가 위독하다면서."

"위독해? 아버지가? 그게 무슨 말도 안 되는 소리야?"

장만은 바닥에 주저앉았다. 머리가 어지러워 도저히 서 있을 수가 없었다.

"뭐지? 이게 무슨 일이지? 한주야. 한주 어디 있어?"

장만은 팔을 휘저으며 바로 옆에 있는 한주를 불렀다. 아침에 무슨 귀신에 씐 것도 아닌데, 분명 한주도 들었을 텐데. 그러자 한주가 옆에서 소리를 버럭 질렀다.

"그 여자애를 먼저 찾아야 해. 난 분명히 들었고, 덕수 네 이름도 확인했다고, 그런데 이게 말이 돼?"

한주가 이렇게까지 흥분한 건 처음이었다. 덩달아 덕수까지 옆에서 난리를 치니 장만은 혼이 다 빠져나가는 것 같았다.

"잠깐만, 나도 분명히 들었어. 내 이름을 부르며 날 찾았고. 덕수가 보냈다고 했어. 그럼 분명 잘못 찾아온 게 아닌데. 왜? 왜 아버지가 위독하다며 거짓말을 한 거지? 그것도 시험 날 아침에?"

장만은 거기까지 말하고 말을 멈췄다. 갑자기 숨을 쉴 수 없었다. 머리가 빙빙 돌고 속이 메스꺼웠다.

"설마 춘택 형 짓이야?"

한주 목소리였다. 순간 장만은 온몸이 얼어붙는 것 같았다. 장만은 춘택이라면, 어쩌면 춘택이라면 이런 짓을 할 수도 있겠다는 생각이 들었다. 하지만 그런 의심조차 하기 버거웠다.

"설마 나를 명통시에 가지 못하게 하려고? 명통시 하나만 보고 일 년 넘게 죽도록 고생한 나한테? 한주야, 너도 알잖아."

장만의 목소리가 쩍쩍 갈라졌다.

"내가 춘택이에게 무슨 잘못을 했는데? 설마 양반 대접을 안 해 줬다고 그러는 거야? 아니면 지난번에 싸우다가 회초리를 맞은 것 때문에? 날 가만 안 두겠다고 했던 게 이런 뜻이라고?"

장만은 바닥에 주저앉아 실성한 사람처럼 두서없이 중얼거렸다. 그러고는 머리를 내저었다. 눈에서 눈물이 왈칵 쏟아졌다. 어떤 이유도 1년 넘게 쏟아부은 노력을 순간의 물거품으로 만들기엔 충분하지 않았다.

"내가 가서 그 여자아이를 찾을 거야. 가서 덕수라고 말한 놈이 누구인지 알아낼 거야. 그리고 가만두지 않을 거야."

길길이 뛰던 한주가 어딘가로 정신없이 달려가는 소리가 났다. 하지만 장만은 아무것도 할 수가 없었다. 다리가 후들거려서 똑바로 일어설 수도 없었다. 덕수가 두 손으로 장만의 어깨를 붙잡으며 일으켰다.

"형, 정신 차려! 정신 좀 차려 봐. 가자. 지금이라도 명통시에 가 보자."

덕수가 억지로 장만의 손에 지팡이를 쥐여 주며 소리쳤다.

"늦었어. 이미 늦었다고."

"그렇다고 이대로 가만히 당하고 있을 거야? 일어나서 가자. 문이라도 두드려 봐야지. 아니면 춘택이 그놈이라도 잡아야지."

덕수의 억센 손이 장만을 계속 밀어붙였다. 정신없이 뛰어도 도착하면 늦은 저녁이겠지만, 장만도 이대로 손 놓고 있어서는 안 된다는 생각이 들었다. 장만은 정신을 차리고 일어나 덕수와 함께 정신없이 내달렸다.

명통시에 도착했을 땐, 이미 유시*가 넘었다. 장만은 주먹으로 명통시 대문을 사정없이 두드렸다.

'쿵쿵쿵!'

명통시에서 소란을 피우면 안 된다는 걸 알지만, 이대로는 도저히 돌아갈 수가 없었다. 하지만 안은 너무 조용하고, 아무 기척도 들리지 않았다.

"시험을 치르러 온 사람입니다. 문! 제발 문 좀 열어 주십시오."

장만을 따라 덕수도 대문을 힘껏 내리쳤다. 그러자 안에서 누군가가 급하게 뛰어나왔다.

"이 사람들이 미쳤어? 늦은 시간에 지금 뭐 하는 짓이야?"

나온 사람이 불같이 화를 냈다.

* 오후 5-7시.

"시험을 치르러 왔습니다. 피치 못할 사정이 있어서 늦었지만, 제발 넣어만 주시면…."

그 말에 남자는 더 소리를 높였다.

"나라의 관리를 뽑는 시험을 무슨 장난으로 아는 게야? 사람들은 모두 돌아갔고, 명통시 안엔 나 하나뿐이야. 더 소란을 피우면 포졸을 부를 테니. 썩 꺼지거라."

그 말과 함께 '쾅' 하고 문이 닫혔다.

장만은 깨달았다. 이제 더는 할 수 있는 것이 없다는 것을. 죽어라 애쓴 시간이 길어서인지 허무하게 잃은 순간에는 정말 아무것도 할 수 없었다. 춘택이를 찾는다고 해도 분명 '증거를 대 보라'란 말로 장만을 쥐고 흔들 게 분명했다.

소리를 치며 통곡을 해도, 거짓말을 한 놈을 찾아 죽도록 패 버려도, 아무 소용도 없다는 걸 깨닫자 장만은 아무것도 할 수 없었다. 눈에서 눈물도 나질 않았다. 명통시 대문 앞에 멍하니 앉아 있던 장만이 한참 뒤에 나직한 소리로 말했다.

"가자. 덕수야. 집으로."

"뭐라고? 집으로 가자고? 아니야. 춘택이 그놈 집으로 가야지."

흥분한 덕수의 목소리도 더는 듣고 싶지 않았다.

"춘택이 집이 어딘지 알고. 그리고 증거도 없이 찾아갔다가는 그냥 쫓겨날 게 뻔하고…."

힘없는 양반집이라고 해도 몸종도 부리는 아이였다. 무작정 찾아간다고 될 일이 아니었다.

"진짜 말도 안 돼. 진짜…."

덕수는 발로 땅바닥을 사정없이 차 댔다. 씩씩대는 덕수의 말을
막으며 장만이 말했다.

"가자. 제발 입 다물고, 지금은 집에 가서 좀 쉬고 싶다."

장만의 말이 너무 무거웠는지 덕수도 그 뒤부턴 말이 없었다.
집으로 가는 길이 평소보다 수십 배는 멀게 느껴졌다.

돌아온 집

집 앞 길모퉁이에서 자꾸 걸음이 느려졌다. 장만은 울어서 퉁퉁 부은 눈을 들킬까 봐 소매 단으로 눈두덩을 몇 번이나 문질렀다. 등 뒤에서 아버지의 목소리가 들렸다.

"웬일이냐? 온다는 기별도 없이?"

머쓱해진 장만은 대답 대신 고개만 푹 숙이고 안으로 들어섰다. 얼마나 걸었는지, 얼마나 기운을 뺐는지, 더는 말을 할 힘도 없었다.

"늦었다. 얼른 들어가서 자."

아버지는 아무것도 묻지 않았다.

장만은 방바닥을 짚으며 온기를 찾아 아랫목에 가 누웠다. 오늘 일이 머릿속을 스쳐 갔다. 속이 심하게 울렁거려서 눈을 꼭 감았다. 잠이 오지 않는 밤은 유난히 길었다.

그날 이후 장만은 며칠을 앓았다. 독경을 배우느라 고생하고 애쓴 시간만큼 억울하고 또 억울했다. 어떤 미친놈 때문에 1년이 넘는 그 세월이 홀랑 사라졌다고 생각하니 밥이 목구멍으로 넘어가질 않았다.

식음을 전폐하고 드러누운 지 딱 5일째, 장만은 자리에서 겨우 몸을 일으켰다. 아버지는 아무 말이 없었다. 분명 덕수에게 들은 이야기가 있을 텐데도 묻지 않았다. 장만은 그것이 아버지의 속 깊은 배려라는 걸 알았다.

장만이 자리를 털고 겨우 일어난 날, 한주가 집으로 찾아왔다. 당장이라도 범인을 찾아내서 멱살을 잡고 올 것 같던 기세는 꺾이고, 한주의 목소리도 착 가라앉아 있었다.

"형, 괜찮아?"

엉망이 된 장만의 몰골이 영 보기 그랬는지, 한주는 말없이 한숨만 몰아쉬었다.

"괜찮아. 너는 별일 없었던 거지?"

그런데 별 뜻 없이 물었던 장만의 말에 한주가 갑자기 콧김까지 내뿜으며 씩씩댔다.

"아니, 있었어. 그날 춘택이 집으로 찾아갔다가 봉변을 당했어. 춘택이 놈 나오라고 문밖에서 소리를 지르고 난리를 치니까 돌이가 나오더라고. 그래서 이게 다 춘택이 짓이지? 장만이 형을 명통시에 못 가게 만든 놈은 가만두지 않겠다고 난리를 치니까 이놈

얼굴이 싹 변하더라. 그러더니 안에 있던 사람들까지 끌고 나와서 날 바닥에 패대기쳤어."

"뭐라고? 돌이가?"

돌이가 그럴 아이까지는 아니라고 생각했다. 특히 춘택을 데리고 다니면서 한주랑은 두 해가 넘도록 얼굴을 마주하며 잘 지낸 사이인데, 장만은 어이가 없었다.

"그놈이 켕기는 게 있는 거지. 밖에서 그 난리를 치는데도 결국 춘택은 코빼기도 안 보이더라고. 그리고 명통시 시험이 끝난 후로는 남산골에도 아예 발길을 끊었어. 어른에게 인사 한마디 없이."

한주의 말을 듣는데, 장만의 머릿속이 또 실타래처럼 엉켰다. 겨우 진정시켰다고 생각했던 마음이 또 한 번 요동쳤다.

"그런데 정말 어이없는 게 뭔 줄 알아?"

계속 치닫던 한주의 목소리가 갑자기 무겁게 가라앉았다. 나쁜 예감이 장만의 머릿속을 훑고 지나갔다.

"춘택이 명통시에 합격했대."

방망이로 뒤통수를 한 대 세게 얻어맞은 것 같았다. 장만은 뭐라 말을 할 수가 없었다.

"형, 내가 괜한 이야기를 했나 봐. 말하지 말걸."

한주의 잘못이 아니었다. 장만은 마른침을 몇 번이나 삼키며 마음을 가라앉히려고 애썼다. 그러다 맞은편에 앉아 한숨을 내쉬고 있는 한주를 생각하니 미안한 마음이 들었다. 춘택을 찾으러 가서 봉변을 당한 것도, 자신을 찾으러 여기까지 와 준 것도 너무 미안한 일이었다. 사실, 한주가 저리 고생을 할 이유가 없었다.

"한주야. 어차피 알게 될 일이야. 그리고 너한테 미안하다."

"아니야. 형 마음이 제일 힘들지. 가자, 나랑 같이 남산골로 넘어가자. 어른도 기다리셔. 어차피 이번 시험은 경험 삼는 거랬잖아. 아직 배울 게 많다며?"

한주는 애써 덤덤한 척하며 말을 바꿨다.

남산골? 장만은 그 이름을 듣자마자 고개를 내저었다. 지금은, 적어도 지금은 돌아갈 힘이 없었다. 아니, 용기가 없었다. 그렇게 매달렸던 독경이었는데, 독경이란 말만 들어도 머리가 찌릿했다. 줄곧 명통시만 보고 달렸는데, 그 대문 앞도 가 보지 못한 채 쓰러지고 나니 남산골에 대한 기억조차 엉망이 되고 말았다.

"조금만, 조금만 더 있다 갈게."

장만은 그냥 말을 딱 잘라 버렸다. 기운을 뺄 여력조차 없었다.

"언제? 아니다. 내가 조만간 또 한 번 들를게."

한주도 장만의 마음을 읽었는지 더 이상 말을 하진 않았다. 그리고 짧은 인사를 남기고 남산골로 돌아갔다.

한주가 가고 나서도 달라지는 건 없었다. 장만의 하루하루는 늘 비슷했다. 매일 눈을 뜨면 짚으로 새끼를 꼬아 장에 내다 팔 것들을 만들었다. 그리고 덕수를 도와 집안일도 했다. 가끔 남산골의 기억이 떠오를 때면 장만은 더 일에 매달렸다.

간간이 장만을 찾아오는 이웃들이 있었다. 독경을 배우고 왔다는 소식을 어디서 들었는지 이사를 한 사람은 안택경을 해 달라고도 했고, 건강을 비는 독경을 부탁하는 사람들도 있었다. 하지만 그때마다 장만은 고개를 내저었다. 사람들의 궁상맞은 사연을 듣는 것도 싫었고, 보리쌀 한 소쿠리를 얻겠다고 독경을 하는 건 더 싫었다. 그런 날엔 덕수가 볼멘소리를 했다.

"형, 힘들게 배운 재주가 아깝지도 않아? 그렇게 고생을 하며 배웠는데."

덕수 말이 틀리지 않았다. 새끼를 꼬아 장에 내다 파는 것보다 더 많은 돈을 벌 수 있는데도 장만은 나서고 싶지 않았다. 명통시를 꿈꾸었을 때는 고된 연습도 즐거웠고, 매서운 회초리도 참을 수 있었다. 나라에서 여는 기우제에서 관복을 입고 독경하는 날을 머릿속으로 그리며 버틸 수 있었다. 그런데 그 기회를 어이없게 놓쳐 버리고 나니, 독경이란 말만 들어도 가슴이 아팠다. 손에 쥐려고 아등바등하던 것을 물에 툭 하고 빠뜨린 기분이었다. 그렇게 한 달여 시간이 훌쩍 지났다.

'콜록, 콜록.'

장만은 아버지의 기침 소리에 잠에서 깼다. 며칠 전, 추적추적 내리는 비를 맞고 집에 돌아온 온 아버지는 감기 기운이 있다며 일찍 잠자리에 들었다. 그날부터 시작된 감기가 하루하루 심해졌다. 기침하는데 가슴까지 컹컹 울렸다.

"아버지, 일어나서 따뜻한 물 좀 드세요."

물을 후루룩 넘기는가 싶더니, 아버지는 갑자기 컥컥대며 야단이었다. 기침 때문에 사레까지 들려 토하기 직전이었다. 자던 덕수가 일어나 아버지의 등을 두드리고 바닥에 흥건히 흘린 물을 치우고 나서야 한바탕 소동이 끝났다.

"아버지, 내일은 의원에 가요. 고뿔이 심해서 이러다 큰일 나겠어요."

"의원은 무슨, 먹고 죽을 돈도 없는데. 며칠이면 나아."

그 말을 하는데도 입이 말라 아버지 목소리는 쩍쩍 갈라졌다. 이대로 두면 안 될 듯한데 달리 방법도 없었다. 며칠이면 낫는다던 감기가 날이 갈수록 심해졌다. 끙끙 앓는 소리가 계속 문밖으로 새어 나왔다. 장만은 오늘은 진짜 의원에 모시고 가야겠다는 생각이 들었다.

장만은 부엌으로 가서 보리쌀이 든 항아리를 찾았다. 보리쌀 한 되를 주면 당장 열을 내리는 약재라도 받을 수 있을 것 같았다. 그런데 항아리에 바가지를 집어넣으니 바닥에서 '득득' 하고 긁히는 소리만 났다. 이럴 리가 없는데 싶어 장만은 손을 집어넣고 휘휘 저었다. 바닥에 얇게 깔린 보리쌀들이 손가락 사이로 빠져나갔다.

"덕수야, 덕수야."

밖에 있던 덕수가 들어왔다.

"우리 집에 보리쌀 없어?"

"진즉 다 떨어졌지. 아버지는 아파서 계속 일을 못 나갔고. 한겨울에 어디 가서 빌릴 데도 없으니 큰일이네."

한숨이 푹 나왔다. 살림이 어려워도 이 정도일 줄은 몰랐다.

"아버지 모시고 의원에 가려는 거지? 급하니 진료부터 받고 후에 치료비는 갖다 드린다고 하면 안 되려나? 내가 아침 먹고 다녀올게. 형이 아버지께 말씀만 잘 드려 봐."

장만은 아버지가 누워 있는 방으로 들어갔다.

"아버지, 일어나 보세요. 얼른 아침 챙겨 드시고, 덕수랑 의원에 다녀오세요."

"일없다. 콜록콜록."

더 듣지도 않고, 아버지는 말을 잘랐다. 해도 해도 너무한다는 생각이 들었다. 장만은 속에서 화가 치밀었다.

"저랑 덕수, 부모 없는 고아 만드실 거냐고요?"

"아니, 이놈이 그게 부모한테 할 소리냐?"

아버지의 목소리가 떨렸다. 해선 안 될 말이었다. 하지만 밤새 끙끙 앓는 아버지를 보며 장만은 덜컥 겁이 났다. 그리고 작년 어머니 제삿날, 갑자기 목 놓아 울며 아버지가 했던 말도 떠올랐다. 약 한 제 못 써 보고 죽은 어머니가 불쌍하다고. 그래 놓고는 고집을 피우는 아버지가 야속하고 답답했다.

"덕수가 일하고 못 받은 품삯이 있대요. 그게 다음 달이면 들어온다니까 일단 치료부터 받으세요. 나중에 갖다 드린다고 하면 되니까."

단호하게 말하고 장만은 밖으로 나왔다. 안에서는 한참 동안 기척이 없었다. 얼마 지나지 않아 방문이 빼꼼 열리며 아버지가 덕수를 불렀다.

"덕수야, 어디 있니? 가자. 의원까지 가려면 한참인데. 콜록콜록."

그 말에 덕수가 후다닥 달려가서 아버지를 챙겼다. 그러고는 집을 나서는 소리가 들렸다. 그제야 툇마루에 걸터앉은 장만은 가슴을 쓸어내렸다.

아버지 기침 소리를 들을 때마다 장만은 마음이 영 불편했다. 아버지의 만류에도 불구하고 독경을 배우겠다고 호기롭게 나간 아들이 무작정 다시 돌아왔으니 그 마음이 오죽할까 싶었다. 혹시 그 때문에 병이 더 심해진 게 아닌가 하는 생각도 들었다.

"에잇, 그냥 나물죽이나 끓여야겠다."

머리가 복잡할수록 몸을 움직이는 게 나았다. 장만은 아버지가 돌아오시면 드실 죽도 끓이고, 집안 곳곳을 쓸고 닦았다. 아버지 걱정을 하고 있느니보다는 이게 덕수를 위하는 일이라 생각했다.

찬바람을 피해 부엌 아궁이 옆에서 새끼를 꼬던 장만은 싸리문이 열리는 소리에 자리에서 일어났다.

"혹시 안에 누구 있소? 여기가 독경하는 맹인 집이오?"

장만은 없는 척 앉았다. 바스락거리는 소리도 내지 않으려고 짚까지 내려놓았다. 사람이 없는 척해야 금방 돌아갈 것 같았다. 마당까지 들어선 남자가 더 큰 소리로 사람을 불렀다.

"여보시오! 안에 누구 없소?"

당황한 장만은 부엌 밖으로 고개를 내밀었다. 그러자 남자가 반색하며 말했다.

"후유, 여기가 맞네. 나는 저 아래 묵골 최영감 댁 사람인데, 어른이 안택경*을 부탁했어."

그러고는 묵직한 자루 하나를 바닥에 '쿵' 하고 내려놓았다.

"이건 쌀 한 말일세."

장만은 얼떨떨했다. 독경하러 밖에 나가 본 적도 없는데, 게다가 아랫마을에서 어찌 알고 찾아왔나 싶었다.

"저를 어찌 알고 오셨습니까? 그것도 묵골에서?"

"나야 모르지. 영감님이 시키셔 온 게야. 어서 채비나 하게. 가려면 시간이 꽤 걸리니."

남자는 재촉했다. 그때 문밖에서 시끄러운 소리가 났다. 아버지와 덕수였다.

"아픈 사람이 거기까지 갔으면 문은 열어 줘야지. 사람을 그리 문전 박대해? 야박한 놈들!"

* 집을 옮기고 나서 편안과 안녕을 비는 경문.

화가 단단히 난 아버지가 목소리를 높였다.

"그러니 내가 안 간다고 하지. 돈 한 푼 안 들고 의원에 가면 거지 취급을 당한다니까. 콜록콜록!"

마당으로 들어선 아버지가 낯선 사내를 보았는지 놀라 물었다.

"댁은 뉘시오?"

"아, 독경을 청하러 묵골에서 온 사람입니다."

"독경이요? 일없으니 가 보시오."

아버지의 목소리가 더없이 차가웠다. 그러고는 방 안으로 휙 들어가 버렸다. 당황한 남자는 장만에게 다가와 목소리를 낮추며 물었다.

"못 가는 건가? 시간 끌지 말고 얼른 답을 줘야 나도 돌아가지."

장만은 마음이 복잡했다. 옆에 서서 마당 한가운데 놓인 쌀 한 말을 보고 있을 덕수 모습이 그려졌다. 그리고 방 안에서 들리는 아버지의 기침 소리까지.

'지금 내가 배부른 꿈 타령만 하는 건가?'

어려운 살림에도 당미를 구해 남산골 문 앞에 두고 간 아버지에게 내내 미안했다.

'지금은 아픈 아버지만 생각하자. 다시 못 올 기회야.'

"갑시다. 얼른 채비하고 나올 테니 기다리세요."

재회

남자를 따라 꼬불꼬불한 산길 하나를 넘었다. 쌀쌀한 바람에 얇은 홑바지 사이로 칼바람이 자꾸 파고들었다. 한참을 걷다 보니 장만은 다리가 묵직해지고 허기 때문에 눈앞이 뿌예졌다. 지쳐서 더는 못 걷겠다 싶을 때쯤 사람들의 웅성거림이 들렸다. 마을에 들어선 것 같았다. 얼마 지나지 않아 대문이 삐걱 소리를 냈다.

"마님, 저희 왔습니다."

함께 간 남자가 인사를 하며 들어섰다. 마님이란 말에 장만은 허리를 굽혀 절을 했다.

"힘든 길 오시느라 고생 많았소. 집이 낯설 테니 도와줄 아이 하나를 붙여 드리지요. 편히 지내시고 내일 잘 부탁하오."

지체 높은 마님의 깍듯한 인사에 몸 둘 바를 몰랐다. 장만은 '저를 어떻게 아셨습니까?' 하고 여쭈려다 말았다.

"이쪽으로 오세요. 오늘 묵으실 방은 이쪽입니다."

아이 하나가 쪼르르 오더니 장만의 팔을 살짝 잡으며 천천히 길을 안내했다. 집이 넓으리라 생각했지만, 이 정도일 줄은 몰랐다. 쉬는 곳까지도 한참이었다.

'드르륵.'

방문 열리는 소리가 났다.

"저는 옆방에 있을 테니 필요하면 부르세요."

장만은 이런 대접은 처음이라 민망하기까지 했다. 방문을 닫고 안으로 들어오니 갖가지 반찬 향이 코를 찔렀다. 방에 깔아 놓은 이불에선 목화솜 향기도 났다. 장만은 이불에 누워 손으로 몇 번이나 쓰다듬었다. 눅지도 않고, 까슬까슬하지도 않은 이불은 처음이었다. 장만은 뭔가에 홀린 기분이었다.

이런 곳에서 잠이나 오려나? 머리로는 걱정하는데 입꼬리는 자꾸만 올라갔다. 배불리 먹고, 이불 위에 누웠다. 폭신한 구름 위에 누운 기분이랄까? 대자로 다리를 뻗고 누우니 장만은 다른 세상에 온 것 같았다.

"독경을 잘한다는 소문만 나면 아쉬울 게 없지. 양반집에 불려 다니면서 대접도 잘 받고 호사를 누릴 수 있지."

어른이 자주 하던 말이 떠올랐다. 그 말의 뒤엔 꼭 '하지만'과 함께 다른 말이 붙었다.

"하지만 그렇게 양반집을 돌며 배에 기름칠할 요량으로 독경을 하면 안 돼."

깐깐한 어른의 목소리가 들리는 것 같았다. 그렇다고 이런 호사를 군이 마다해야 하나? 실상 맹인으로 살면서 대접받을 일이 뭐가 있다고? 독경을 익히기 위해 한 고생이 얼마고 세월이 얼마인데? 그 재주를 부려 배를 불리는 게 뭐 잘못일까? 장만은 거기서 머리를 흔들었다. 내일 독경을 하려면 머릿속을 말끔히 비워야 했다.

이튿날 눈을 뜨자마자 장만은 정화수를 떠다 놓고 기도를 올렸다. 가부좌를 틀고 마음을 가라앉히는 데에 집중했다.

"독경의 처음과 끝은 반드시 기도여야 한다. 몸과 마음에 나쁜 기운이 없어야 바른 소리가 나오는 게야."

귓전에 어른의 말이 또 맴돌았다. 한 달 넘게 잊고 지낸 말이었다.

어젯밤엔 좋으면서도 걱정이 앞섰다. 여러 사람이 모일 거라는 얘기에 장만은 겁이 났다. 실상 1년이 넘도록 독경을 배웠지만, 많은 사람 앞에 서 본 적이 없었다. 기도를 하면서 걱정이 조금씩 밀려났다. 오히려 독경에 빠졌던 처음의 설렘이 살아났다. 장만이 사람들 앞에 섰다.

사람들의 숨소리가 느껴지자 목덜미가 화끈거렸다. 목을 푸는데 장작 나무가 쪼개질 때 나는 둔탁한 소리가 올라왔다.

"자자, 이제 시작하시오!"

그 순간, 꽹과리 장단이 시작됐다.

'쟁! 쟁! 쟁! 쟁!'

일성월성애호지 탐랑거문창자손 녹존문곡홍인구 염정무곡성소원 파
군대성만여의 칠성구요강림호[*]

나무 채가 신나게 꽹과리를 두드리고 빠른 장단에 흥이 돋았다.
장만의 어깨가 들썩들썩, 발끝이 까딱까딱, 봄눈 녹듯 긴장은 다
녹아내리고 여유를 찾은 소리가 마당을 가득 메웠다. 너도 하고,
나도 하고, 손장단에 한바탕 잔치라도 벌어진 듯했다. 바람 한 점
없이 햇볕이 내리쬐는 마당에 장만의 소리가 훨훨 날갯짓했다.

독경하면서 장만은 점점 머리가 맑아졌다.

'그래, 독경이 나를 살린 거였지.'

장만은 그동안 잊고 있었다. 독경이 누구를 위한 것이었는지. 세
상에 버려졌다고 생각했을 때, 장만의 마음에 소망을 품게 한 것
이, 그리고 살아갈 힘을 준 것이 바로 독경이었다. 독경하면서 노
력하는 법을 배웠고, 노력하면서 이루어 가는 자신이 대견했다. 아
무것도 할 수 없을 거라던 마음도 버렸다.

그런데 한순간 훅하고 놓아 버렸다. 그 꿈이 소중하고 간절했기

---

[*] 〈명당경〉.

에 더 크게 넘어졌는지도 몰랐다. 독경하는 순간이 가장 행복하다
는 것을. 부푼 가슴이 소리를 힘차게 밀어 올렸다. 독경이 하늘을
날았다.

독경이 끝나자 주위가 순식간에 조용해졌다. 장만의 얼굴이 붉
어지고 목덜미에서 열이 올랐다. 얼마나 긴장했는지 손과 발이 땀
으로 흠뻑 젖었다. 하지만 사람들의 반응이 궁금해서 자리를 뜰 수
가 없었다.

"허허, 독경사가 어린데, 안택경이 들어 줄 만하구먼."

"그러게. 안택경이 잘 마무리됐으니 이 집에 좋은 기운이 돌겠
구먼."

사람들의 말이 장만의 귀에 들려왔다. 그 순간 입에서 안도의
한숨이 나왔다. 그때 집주인 최영감이 장만 앞으로 와서 말했다.

"오늘 고생했네. 소개해 준 독경사가 어려서 걱정을 했는데, 꽤
괜찮았어. 허허!"

그 말에 장만이 물었다.

"어른! 저를 이 댁에 소개해 준 분이 누구십니까?"

최영감은 잠깐 멈칫하더니 대답 대신 조심히 가라는 인사를 하
고는 사라졌다.

방으로 돌아와 갈 준비를 거의 마쳤을 때였다. 밖에서 누군가
장만의 이름을 크게 불렀다.

"장만아, 들어가도 되겠느냐?"

목소리를 듣는 순간, 장만은 놀라 몸을 일으켰다. 그러고는 얼른 방문을 열었다.

"어른, 김소경 어른이십니까?"

"허허, 그래그래. 너도 내가 반갑긴 한 모양이구나. 목소리가 그렇게 붕 뜬 걸 보니."

장만은 그제야 의문이 풀린 것 같았다.

"어른이셨습니까? 저를 여기까지 불러 주신 분이요?"

"허허 그래. 너의 독경을 듣고 싶어서 불렀지. 태수가 기본을 잘 가르쳤더구나."

생각지도 못한 어른의 칭찬에 장만은 세상을 다 얻은 듯 기뻤다. 그런데 다음 말이 장만의 가슴을 철렁하게 했다.

"하지만 장만아, 부족한 것이 있었어."

장만은 사람들 앞에 처음 서는 것이라 부족한 게 많다는 건 알았지만, 막상 들으려니 손에 땀이 배었다.

"장만아, 너는 네 마음에 이 집 사람들의 평안과 안녕을 기도하는 마음이 있었다고 생각하느냐?"

어른의 말에 장만은 잠시 멈칫했다.

"어르신, 안택경이라는 것이 새로운 집으로 옮기거나, 거처를 마련한 사람들을 위해 비는 기도문이 아닙니까?"

"물론 그렇지. 하지만 장만아, 안택경에도 네 마음을 담는 것이 먼저야. 그랬다면 너는 안택경을 하기 전에 이 집을 한번 돌아보았어야 했다. 너의 발로 구석구석을 밟아 보고, 이 집 사람들을 만나 이야기를 들어 봤어야 했어.”

그 말을 듣는 순간, 장만의 얼굴이 붉어졌다. 태수 어른이 늘 그렇게 진심이 담긴 독경을 해야 한다고 말했는데, 그만 놓치고 만 것이었다. 머릿속엔 온통 돈을 벌어 아버지 약값으로 써야 한다는 생각과 경문을 틀리지 않아야 한다는 생각뿐이었다.

“독경사는 장사치가 되어선 안 돼. 돈을 벌겠다는 마음으로, 관직을 얻겠다는 생각으로만 독경을 해서는 안 된다는 말이야.”

그 말을 듣자마자, 장만은 알 것 같았다. 왜 소경 어른이 이런 이야기를 하시는지. 어쩌면 태수 어른께 듣고 장만의 사정을 훤히 알고 있는지도 모른다는 생각이 들었다.

“제가 부족했습니다. 놓치는 것이 너무나 많았습니다.”

그 말을 내뱉을 때, 장만의 가슴속 저 깊은 곳이 저려 왔다. 수만 가지 말보다 어른의 말이 더 아픈 회초리였다.

“장만아, 그래도 나는 느꼈다. 독경을 하면서 네가 얼마나 행복해하는지를, 눈으로 볼 수는 없지만, 소리로는 충분히 느낄 수 있었어. 가거라. 남산골로 돌아가서 더 많이 배우고 더 많이 느껴 보거라.”

눈에서 굵은 눈물방울이 뚝 떨어졌다. 혹시 울음이 쏟아질까 장만은 입술을 꽉 깨물며 소맷자락으로 얼른 눈물을 훔쳤다.

"나도 태수한테 네 이야기를 들었다. 명통시 시험장에 가지 못했다는 이야기도 들었지. 하지만 이 또한 네가 넘어야 할 산이야. 독경사의 길을 가려면 앞으로 넘어야 할 산이 숱하게 많을 게야."

결국 장만은 참았던 울음을 터뜨렸다. 그동안 애써 참고 있던 것들이 한 번에 터진 것처럼 속에서 온갖 감정들이 치밀어 올라왔다. 억울했던 기억도. 두려웠던 순간도. 그냥 묻어 두면 사라질 줄 알았던 것들이 봇물처럼 터져 나왔다.

"그래. 참지 말고 울어라. 그리고 다 씻어 내고 털어 낸 뒤엔 반드시 일어나야 한다. 네가 독경으로 힘을 얻었던 것처럼 너도 다른 사람들에게 용기를 주는 사람이 되어야지. 그러려면 너부터 단단해져야 해."

어른은 그 말만 남기고, 조용히 방을 나섰다. 인사를 제대로 할 겨를도 없이 장만은 방 안에 덩그러니 앉았다.

'너부터 단단해져야 해.'

그 말에 갑자기 참았던 눈물이 정신없이 쏟아졌다. 어려운 길인 줄 알면서 떠나 놓고는 그 길에서 만난 자그마한 장애물 앞에 장만은 너무 힘없이 쓰러졌다. 이를 악물고 버티고, 또 그 고비를 넘겨 보려 죽을힘을 다해 보지도 않고, 너무 쉽게 놓아 버린 것이었다.

장만은 울고 싶었다. 오늘만은 참고 싶지 않았다. 가슴에 꾹꾹 눌러 담은 묵은 것들을 비워 내면 일어설 용기가 생길 것만 같았다. 장만은 그렇게 한참을 소리 내어 울었다.

마음을 담은 기도

묵골에 다녀온 뒤 장만은 짐을 쌌다.

'남산골로 돌아가야 해. 독경을 더 익혀야 해.'

하지만 떠나고 나면 아픈 아버지를 돌보며 고생할 덕수 걱정에 장만은 선뜻 발이 떨어지질 않았다. 아버지가 기력만 차리면 출발하겠다고 차일피일 미루던 어느 날이었다. 집 대문에서 누군가 서성대는 발소리를 들었다. 장만은 도리깨질을 하려고 마당으로 나섰다가 그 소리를 듣고 물었다.

"누구십니까?"

그런데 장만이 부르자 발소리가 뚝 멈췄다. 그러더니 다시 조금씩 움직이고 다시 물러나는가 싶더니 다시 움직이고를 계속 반복했다.

"덕수야. 밖에 누가 온 것 같은데. 좀 나와 봐."

부엌에서 달그락대며 설거지를 하는 덕수를 불렀다.

"누구십니까? 무슨 일로 오셨는지요?"

덕수가 부엌에서 나와서 대문 쪽으로 나갔다. 우물쭈물하는 젊은 여자의 목소리가 들렸다.

"여기 혹시 독경하는 분이…."

울먹이는 소리였다.

"무슨 일이신지요?"

장만이 문 앞으로 나가자 여자는 큰 숨을 한번 몰아쉬었다. 그러고는 천천히 입을 떼며 말했다.

"독경을 부탁하려고 왔어요."

대나무 잎이 바람에 흔들리듯 여자의 목소리가 힘없이 떨렸다. 장만이 어떻게 대답을 해야 할지 몰라 잠깐 망설이는 사이, 여자가 차분히 말을 이었다.

"집에 아픈 아이가 있어요. 아무리 약을 쓰고, 의원을 찾아가도 낫질 않아요. 독경으로 나쁜 기운을 물리치면 아이가 나을 수 있다는 소리를 듣고…."

여자는 울음을 삼키며 끝까지 말을 하려고 애를 썼다. 그게 더 안쓰러웠다. 그런데 여자의 말을 듣고 나니 장만은 더 겁이 났다.

'아픈 아이라니. 의원이 약재를 써도 낫지 않는 병인데. 어찌 독경으로 나을까? 혹시 아이가 더 나빠지기라도 하면 어쩌지?'

도저히 감당할 자신이 없었다. 게다가 여자의 목소리가 슬퍼서 더 겁이 났다.

"연륜이 있고, 경험이 많으신 독경사를 찾아가시는 게 좋을 듯합니다. 저는 아직 경험이 부족합니다. 죄송합니다."

"아? 아… 네."

여자의 대답이 흔들렸다. 장만도 마음이 영 좋지 않았지만, 어쩔수 없었다. 서둘러 부엌으로 들어가려는데 진작 간 줄 알았던 여자가 다시 문밖을 서성였다.

"저기요. 잠시만."

그 목소리가 하도 간절해 장만은 다시 문밖으로 나갔다.

"귀신을 쫓아 달라는 것은 아니에요. 실은 의원 말이 아이에게 남은 시간이 얼마 없다고 해서 같이 기도해 줄 사람이 필요… 한 거지."

목이 메어 여자는 잠깐 숨을 크게 들이켰다가 말을 이었다.

"지금은 어미로서 할 수 있는 게 기도뿐이라."

곧 울음이 터질 것만 같았다. 장만은 그런 사연을 듣고 여자를 냉정히 돌려보낼 수가 없었다.

"오늘 가야겠지요?"

시간이 얼마 남지 않았다는 말이 목에 걸렸다. 그러자 장만도 조급해졌다.

"정말 가 주시는 겁니까? 그런데…."

반색하는 것도 잠시, 금세 또 여자는 풀이 죽은 소리로 말했다.

"제가 드릴 수 있는 것이 고작 이 가락지가 전부입니다. 아이 아버지는 멀리 군역을 나간 뒤 소식이 없고, 아이 치료비로 많은 돈을 써 버린 터라 가진 게 이것뿐입니다."

여자는 장만의 손에 작은 가락지 하나를 꼭 쥐여 주었다. 대체 대문 밖에서 얼마나 서성인 것인지 손이 얼음장보다 더 차가웠다. 장만은 그것을 받아 주머니 깊숙한 곳에 넣었다.

"저는 동생과 함께 곧 갈 테니 아이에게 집만 상세히 알려 주세요."

결국 가겠다고 말은 했지만, 장만도 마음이 무거웠다. 방으로 들어가 옷장 깊숙한 곳에서 천 조각으로 싸맨 나뭇가지 하나를 꺼냈다. 그것을 품 안에 안고 덕수와 함께 여자의 집으로 향했다.

다행히 여자의 집은 멀지 않은 곳에 있었다. 장만이 대문을 들어서는데, 약재 달이는 냄새가 진동했다.

"서희야, 오셨어. 독경을 해 주실 분이 오셨어."

여자는 아침보다 훨씬 밝아진 목소리로 장만과 덕수를 맞이했다. 그러면서 방에 누운 딸에게 계속 말을 걸었다. 여자아이가 내는 '으음' 소리가 앓는 소리처럼 들리기도 하고, 대답처럼 들리기도 했다.

"형, 아이가 예닐곱 살밖에 되지 않아 보이는데, 많이 아픈 모양이야. 얼굴빛도 검고 너무 야위었어. 어째."

덕수가 장만의 귀에 대고 속삭였다. 마음이 너무 무거웠다.

"네 이름이 서희야?"

방문이 나 있는 마루에 걸터앉아 장만이 말을 붙였다. 아이는 대답이 없었다.

"나와 네 어머니가 지금부터 너를 위해 기도를 할 거야. 아프지 않게 해 달라고 말이야."

장만의 말에 아이가 물었다.

"기도하면 저 이제 안 아파요? 지금 너무 아픈데."

그 목소리가 마치 바람에 사그라지는 촛불같이 희미했다. 이 아이를 위해 할 수 있는 게 고작 기도뿐이라니. 장만은 가슴이 시렸다.

장만은 아이가 누워 있는 방으로 들어가 품에 넣어 가져온 나뭇가지 하나를 내밀었다. 독경보다 아이를 안심시키는 것이 먼저였다.

"서희야, 이건 복숭아나무야. 이걸 가지고 있으면 나쁜 기운은 사라지고, 좋은 기운만 찾아온다고 했어."

"진짜요? 그럼 저희 어머니 주세요. 인제 그만 울라고요."

그 말에 코끝이 찡했다. 아픈 아이가 어머니부터 먼저 챙길 만큼 철이 들었구나 싶으니 더 안쓰러웠다. 장만은 조용히 무릎을 꿇고 앉았다. 어미의 간절한 마음을 하늘에 전해야 했다. 그런데 입안이 봄날 논바닥 갈라지듯 쩍쩍 말라 가고 마음이 잡히질 않았다.

'어떻게 해야 하지?'

사실 장만은 악귀를 쫓는 경문을 배우다 끝을 맺지 못했었다. 마음은 간절한데, 경문이 따라 주질 않으니, 마음이 답답했다. 그래도 시작은 해야 했다.

"서희야, 서희야!"

그때 옆에서 쉴 새 없이 아이의 이름을 불러 대는 소리가 났다. 여자는 쉴 새 없이 두 손을 비비며 입으로는 아이의 이름을 되뇌었다. 장만에겐 그 소리가 세상 어느 독경보다 더 간절한 기도로 들렸다.

축원문으로 시작한 장만의 독경은 뚝뚝 끊어지는데도 어머니의 기도는 흔들림이 없었다.

'이것이었구나. 기도에 마음을 담는다는 것. 경문을 얼마나 잘 외우는지가 중요한 게 아니었어.'

아이 이름 석 자가 그 어떤 경문의 글귀보다 뭉클했다. 속에서 뜨거운 무언가가 계속 올라왔다.

'서희야! 얼른 일어나야지. 사랑하는 어머니와 오래 함께해야지.'

입으로는 경문을 외는데, 마음이 서희를 향했다. 진심을 담은 기도였다. 눈시울이 뜨거워졌다. 독경을 마치고 장만은 아이 옆에 앉았다. 미안한 마음이 컸다.

"저. 독경을 듣고 나니까 몸이 좀 개운해진 것 같아요."

아이가 애써 밝은 목소리를 내는 게 느껴졌다. 장만은 바지 주머니 깊숙이 손을 넣어 가락지를 꺼냈다. 그리고 서희의 손에 쥐여 주었다.

"이건 서희가 커서 엄마만큼 손가락이 굵어지면 끼라고 어머니가 주신 거야. 얼른 기운 차리고 잘 먹으면 쑥 클 거야."

그러자 아이가 웃음소리를 내며 말했다.

"거짓말! 헤헤."

예쁜 웃음소리였다.

"서희야, 매일 아침저녁 널 위해 기도할 거야."

장만은 아이와 손가락을 걸고 약속했다. 그러고는 집을 나섰다.

돌아오는 내내 서희의 작고 예쁜 웃음소리가 떠올랐다. 오랫동안 겨울바람을 맞은 뺨처럼 가슴속이 시렸다.

장만은 늘 생각했다. 맹인보다 힘겨운 삶이 있을까? 그런데 돌아보니 아니었다. 세상에는 구구절절한 사연이 널렸고, 아파하는 사람들에겐 기도가 필요했다. 진심이 담긴 기도로 그 아픔을 보듬고 싶었다. 그러려면 더 배워야 하고, 더 깊어져야 했다.

명통시

"형, 형, 빨리 나와 봐. 누가 오셨어."

아침 댓바람부터 덕수가 호들갑을 떨었다. 얼굴을 씻던 장만이 소매 단으로 얼굴의 물기를 쓱쓱 문질러 닦으며 나왔다.

"형, 명통시에서 나오신 분이래."

"뭐? 명통시?"

장만이 놀라 되물었다. 그때, 걸걸한 목소리의 사내가 장만에게 가까이 다가오며 물었다.

"자네가 남산골 하태수 어른에게 독경을 배운 장만인가?"

남자는 다짜고짜 하태수 어른의 이름을 들먹였다. 장만은 의아 했지만, 일단 '네'라고 답하고 다음 말을 기다렸다.

"명통시의 허소경 어른이 자네를 데려오라 하셨네. 일전에 태수 어른 댁에 같이 간 적이 있는 사람이라 하면 알 거라 하셨는데."

그 말에 장만은 고개를 끄덕였다. 남산골로, 그것도 김소경 어른과 함께 왔던 분인데, 기억을 못 할 리가 없었다.

"명통시에 사람이 필요하다 하셨어. 독경을 연습할 때, 악기로 장단을 맞춰 줄 사람 말이야. 독경도 배울 수 있는 기회이니 마다하지 말고 들어와 보라고 하셨네."

그 말을 듣자, 장만은 순간 머릿속이 하얘졌다. 그렇게 명통시에 들어가려고 안간힘을 쓸 때는 찾아오지 않던 기회가 어떻게 제 발로 찾아온 걸까? 놀란 장만은 선뜻 입이 떨어지지 않았다.

"왜? 싫은가?"

남자는 장만의 태도가 마음에 들지 않는지 은근 말꼬리를 늘이며 말했다.

"아, 아닙니다. 싫다니요."

장만은 말까지 더듬으며 손사래를 쳤다. 그러자 옆에서 덕수가 끼어들었다.

"형, 대체 뭐가 걱정이야? 명통시에서 나오셨다는데. 내가 얼른 옷가지만 간단히 싸 줄 테니까 일단 다녀와."

장만은 머릿속이 멍해졌다. 내내 다시 남산골로 돌아가야 한다는 생각뿐이었는데, 태수 어른께 다시 독경을 배울 생각만 하고 있었는데. 갑자기 명통시라니.

그런데 명통시에 가면 춘택이가 있을지도 몰랐다. 그렇다고 그놈 때문에 이런 기회를 놓칠 수도 없고, 생각할수록 가슴만 더 답답해졌다. 덕수가 던져 준 보따리를 품에 안은 채 장만은 멍하니 서 있었다.

"소경 어른이 기다리네. 어서 서두르자고."

사내가 더 소리를 높여 채근했다. 그 바람에 장만은 더 망설이지도 못하고, 남자의 뒤를 따라나섰다. 아무래도 허소경 어른을 만나 이야기를 나눠 보는 게 순서일 듯했다. 그리고 명통시에 가면 김소경과 연우가 있을지도 모른다는 생각을 하자 무거웠던 걸음이 조금 가벼워졌다.

막상 명통시 대문에 도착하자, 장만은 다리가 후들거렸다.

"잠시만요."

장만은 대문 앞에 서서 깊게 숨을 들이켰다.

"얼른 들어가지 않고 뭐해?"

사내가 다그쳤다. 명통시 대문 앞에서 흘렸던 눈물과 기억은 일단 접자고 생각하며 장만은 가슴을 쫙 폈다. 그러자 두려움이 조금 사라지는 것 같았다.

명통시 안으로 들어서자 멀리서부터 독경 소리가 들려왔다. 낮고 잔잔한 독경 소리가 장만의 마음을 가라앉혔다.

"어서 오너라. 너를 명통시에서 다시 만나니 반갑구나."

허소경 어른이었다. 일부러 밖으로까지 나와 맞아 주리라곤 생각지도 못했다. 어른을 따라 안으로 들어가자 다과상이 준비되어 있었다.

"어떠냐? 명통시에 왔다는 것이?"

"아직 실감이 나질 않습니다."

"걱정 마라. 나를 조금만 도와주면 되는 일이니."

"네? 저는 명통시에서 장단 맞추는 일을 돕고 독경을 배우는 것으로 알고 온 것인데."

장만은 수정과 한 모금을 삼키다 말고, 물었다.

"그래. 맞아. 그렇게 명통시 일을 도우며 여기서 독경을 배우다 보면 관직을 얻을 기회도 생기고, 여러모로 네겐 도움이 될 거야. 허허, 그리고 하태수에게 배운 독경이니, 오죽하겠냐?"

긴장을 풀어 주려는 듯 웃으며 이야기했다. 수정과처럼 어른의 웃음이 달달하게 느껴졌다.

"궁금한 것이나, 필요한 것이 있으면 언제든지 물어도 좋아. 내가 데려온 사람이니 내가 살뜰히 챙길 거야."

그 말에 장만은 망설이다가 조심스레 물었다.

"혹시 이곳, 명통시에 이춘택이라는 독경사가 있지 않습니까?"

"춘택이? 그 아이는 왜?"

장만은 자기가 물어 놓고, 뜻밖의 질문이 돌아오자 당황해 말을 버벅거렸다.

"얼마 전까지는 있었지. 그런데 지금은 없어. 그리고 명통시 안에서는 다른 사람한테 신경 쓸 거 없다."

무슨 이유에서인지 어른의 말투가 차가웠다. 남산골로 넘어왔던 그날과 사뭇 다른 느낌이었다.

"김소경도 궁궐에 들어가 꽤 오래 있다 나올 테니 당분간은 얼굴 보기 어려울 것이야. 그리고 명통시는 독경사가 쉴 새 없이 드나드는 곳이니 그 틈에서 휘둘리지 말고, 네 일만 신경 쓰거라. 그래야 하루빨리 관직을 얻을 수 있지. 그게 날 돕는 길이야."

이해할 수 없었다. 장만의 관직이 허소경 어른에게 무슨 도움이 된다는 것인지. 하지만 어쨌든 관직이란 말이 싫지 않았다. 아니, 그 말에 다시 가슴이 뛰었다. 욕심을 내려놓았다고 생각했는데. 또 그게 아니었구나 싶었다.

"네. 명심하겠습니다."

장만은 재바르게 대답하고 밖으로 나왔다. 그제야 긴장했던 몸과 마음이 좀 풀리는 듯했다.

장만은 사내의 도움을 받아 관청 한쪽에 마련해 두었다는 거처로 발걸음을 옮겼다. 낯선 공간, 낯선 소리, 모든 것이 얼떨떨한 장만은 명통시 안에 들어와 있다는 사실이 꿈만 같았다. 그리고 춘택이가 없다는 것에 마음이 놓였다.

'잘해 볼 거야. 할 수 있을 거야.'

장만은 두 주먹을 힘주어 꽉 쥐었다.

명통시에서의 하루는 순식간에 지나갔다. 아침 기도를 마치고

나면 장만은 명통시를 드나드는 독경사들 틈에서 누구보다 부지
런히 움직였다.

"장만아, 여기 와서 장단을 좀 맞춰 다오."

"독경 연습하는 걸 좀 도와줘."

장만은 하루에도 몇 번씩 불려 다녔다. '빠릿빠릿하네', '말귀를
잘 알아듣네' 하며 여기저기서 장만을 찾았다.

처음엔 장만도 그게 좋았다. 명통시에서 필요한 사람이 된 것
같고, 장단을 맞추며 듣는 귀동냥도 적지 않았다. 하지만 종일 악
기를 들고 다니다 보면 밤엔 녹초가 돼 버렸다. 들었던 독경을 입
으로 한 번 읊조려 보기도 전에 쓰러져 자기 바빴다.

'시간을 더 아껴야 하나?'

장만은 하루를 몇 개의 조각으로 나누어 쓰려고 애를 썼다. 다
른 방법이 없었다. 자는 시간을 최대한 줄이고 밥을 먹을 때도, 걸
어 다닐 때도 입으로는 독경을 외고 또 외웠다. 그러다 보면 아침
에 해가 뜨는 줄도 모르고, 저녁에 해가 지는 줄도 모른 채 하루하
루가 지났다. 그사이 살은 쏙 빠져서 가뜩이나 깡마른 몸이 더 말
라 버렸다.

어느 날, 아침이었다. 식사를 도와주던 기삼이 장만에게 물었다.
기삼은 명통시에서 일을 돕는 아이인데, 장만과 나이도 비슷해 말
을 트며 지내는 사이었다.

"장만아, 너 괜찮으냐? 얼굴이 영 엉망인데."

"왜?"

장만은 자기 얼굴에 손을 갖다 대고는 계속 더듬었다.

"네 몰골이 말이 아냐. 눈이 푹 꺼진 게 영락없이 아픈 사람이야."

손으로 만지니, 광대뼈가 더 도드라지게 볼이 쑥 들어가 있었다. 그렇지 않아도 고단함이 쌓여 몸이 물을 먹은 종잇장처럼 축축 늘어지는 것 같았다.

"혀가 자꾸 까끌까끌한 게 진짜 고단하긴 하다."

"너 그러다 큰일 나. 여기서는 정말 눈치껏 해야 해."

기삼의 말에 깊은 한숨이 새어 나왔다. 기삼의 말이 하나 틀리지 않았다.

명통시에 들어와서 보니 다들 제 살기에 바빴다. 부탁을 할 때만 부드럽지 장만에게 신경을 쓰는 사람은 하나도 없었다.

"그렇겠지? 내 몸부터 챙겨야겠지?"

장만은 혼잣말처럼 중얼거렸다. 밖에서 볼 땐 화려한 명통시였다. 그런데 막상 들어와서 보니, 서열과 경쟁, 그 안에서의 시기와 질투가 느껴졌다. 장만은 저도 모르게 그런 분위기에 젖는 것이 아닌지 걱정이 될 때도 있었다. 제대로 된 독경을 배우고 싶었는데, 하루하루 늘어 가는 독경에 행복하면 된다고 생각했는데, 시간이 지날수록 머릿속이 혼란스러웠다.

명통시에 들어온 지 두 달여쯤 됐을 때였다. 장만이 방에서 가

부좌하고 기도를 하는데, 기삼이 벌컥 방문을 열며 말했다.

"장만아, 허소경 어른이 찾으셔. 얼른 가 봐."

"뭐라고? 돌아오신 거야?"

반가운 마음에 장만은 얼른 옷매무새를 다듬고 신발을 챙겨 신었다. 궁에 다녀온다고 한 지 한참이 되었는데도 통 소식이 들리지 않아 궁금하던 참이었다. 장만은 한달음에 어른이 계시는 방으로 찾아갔다.

"들어오너라. 정말 오랜만이구나. 그동안 별일은 없었고?"

"네, 어른. 저는 잘 지냈습니다."

말을 하는 장만의 목소리가 쩍쩍 갈라졌다. 며칠 뒤에 있을 큰 독경연을 두고 준비해야 할 것들이 많다며 여기저기서 불러 대는 바람에 또 며칠 무리를 한 탓이었다.

"이 녀석, 명통시 생활이 힘들었던 게야? 목이 잠겼구나."

그 말에 눈물이 살짝 돌았다. 힘든 것을 알아주는 것만도 위로가 됐다.

"내가 너를 명통시에 불러 놓고 챙겨 보질 못했군. 어떠냐? 사흘에 하루는 나에게 독경을 배워 보는 것이?"

"네? 어른께… 독경을요?"

생각지도 못한 말에 장만은 말까지 더듬었다. 소경 어른에게 독경을 배운다니 그건 정말 꿈같은 일이었다. 관직이 꽤나 높은 독경사도 직접 가르침을 받기는 어려웠다.

"사실 내가 예전에 남산골에 갔을 때, 태수가 그러더군. 네가 독경에 타고난 재주가 있다고 말이야. 그래서 여기 불러온 거고. 그동안은 네가 얼마나 명통시에서 버틸 수 있는지를 시험해 보고 싶어서 일부러 내버려 둔 거야."

"아…."

장만은 다른 말을 할 수가 없었다. 칭찬 한마디 없던 태수 어른이 그런 말을 했다는 것도, 어른이 말없이 장만을 시험대에 올렸다는 것도, 모두 예상치 못한 일이었다. 얼떨떨했지만 고마운 일이었다. 장만은 명통시에 와서 귀동냥으로만 배우던 독경에 답답했던 터였다.

"감사합니다. 어른, 열심히 배우겠습니다."

그날 이후, 어른은 종종 장만을 불렀다. 약속한 날이 아니어도 시간을 내어 주었다. 장만은 그 마음이 고마워 더 애를 쓰고 노력했다.

"소리가 좋긴 좋군. 게다가 경문을 외는 재주까지 남달라."

칭찬에 인색했던 태수 어른과는 완전히 달라서 장만은 처음엔 목덜미가 간지럽고 손이 오글거렸다. 하지만 나중에는 허소경 어른이 별말 없이 지나가는 게 오히려 서운할 만큼 어른의 칭찬이 좋았다. 그리고 하루하루 독경이 느는 걸 장만도 느낄 수 있었다. 하지만 그만큼 잃어야 하는 것도 있었다.

"허소경 어른이 널 너무 끼고 돈다는 말이 들려. 이럴 때일수록 조심해."

어느 날 기삼이 장만의 귀에 대고 살짝 말해 주었다. 그런 소문이 돌 거라는 걸 예측하지 못했던 것도 아니고, 이미 시샘하는 소리가 여기저기서 들린다는 건 장만도 알고 있었다.

"사람들이 남 일에 참 관심도 많아. 그치?"

걱정해 주는 기삼이 고마웠지만, 장만은 대수롭지 않다는 듯 넘기고 싶었다. 남들 눈치를 보느라 쉬쉬거리고 싶지는 않아서였다. 그리고 그럴수록 장만은 더 독경 연습에 매달렸다. 실력을 키우는 게 우선이었다. 독경에 뛰어나면 누구도 건드리지 못하는 사람이 될 거라고 믿었다.

어른과 독경을 시작한 지 몇 달이 지나지 않은 때였다. 그날따라 어른의 말수가 유독 적었다. 무슨 생각에 잠겼는지, 장만이 독경을 마쳤는데도 아무런 말이 없었다. 방 안 공기가 유독 무거워 눈치만 보던 장만은 어른의 기분을 풀어 보려 한마디를 던졌다.

"어른께 독경을 배우면서 독경의 새로운 재미를 알게 된 것 같습니다."

그 말에 가시 돋친 말이 돌아왔다.

"재미라니? 독경이 어디 재미로 배우는 것이냐? 욕심을 가져서 하루빨리 관직에 오를 생각은 하지 않고."

"그게 아니라…."

어른의 말이 차가워 장만은 버벅대며 말을 잇지 못했다. 그런데 어른이 한마디를 더했다.

"네가 관직을 얻어야 내게도 힘이 되지. 안 그러냐? 오늘은 이만하지. 나가 봐."

장만은 이게 무슨 일인가 싶었다. 문을 나서는데 뒷덜미가 서늘했다. 열심히 한다고 하는데, 성에 차지 않는 걸까? 가슴이 답답했다. 관직에 유독 조급해하는 어른이 낯설게만 느껴졌다.

'더 열심히 하라는 채찍이겠지?'

장만은 서운함을 털어 버리려 애썼지만, 머릿속은 계속 복잡했다.

첫 독경연

그 일이 있고 나서 딱 사흘째 된 날이었다. 아침부터 기삼이 찾아와 허소경 어른이 찾는다는 말을 전해 주고 갔다. 서둘러 간 장만이 바닥에 앉자마자 어른은 묵직한 무언가를 바닥에 '툭' 하고 내려놓았다.

"두루마기다. 한번 만져 보거라."

갑자기 무슨 일인지 궁금했지만, 장만은 입을 닫고 시키는 대로 했다. 손에 만져지는 부드러운 감촉이 예사롭지 않았다.

"내일 초하루 독경에서 네가 입을 두루마기야."

"네? 내일이요?"

한 달에 두 번 열리는 초하루와 보름 독경은 명통시의 중요한 행사다. 관직에 오른 독경사들이 참석하는데, 그 자리에 선다니 가능한 일일까 싶었다.

"독경사들이 가만있지 않을 텐데요?"

장만은 진심으로 걱정이 되어 한 말이었다. 하지만 어른은 짜증 섞인 목소리로 대답했다.

"그냥 내가 시키는 대로만 하면 돼. 너보다 실력이 못한 독경사가 명통시에 어디 한둘이냐? 그리고 내가 널 가르친다는 소문도 돌 만큼 돌았을 테니, 절대 실수하지 말고."

어른의 말이 또 차가웠다. 장만의 의중을 물을 생각은 전혀 없는 것 같았다.

장만은 옷을 챙겨 밖으로 나왔다. 좋게 생각하면 엄청난 기회였다. '실력이 관직에 오른 독경사들보다 나으니 서 보라'는 의미였다. 좋은 옷까지 내주며 마련해 준 것이었는데, 왜 윗사람이 내리는 하달로만 느껴졌을까? 장만은 그날 밤 깊이 잠들지 못하고 밤새 뒤척였다.

이튿날 잠에서 깼을 때, 눈은 퉁퉁 붓고, 목은 잠겨 있었다. 장만은 정신을 차리려고 찬물에 얼굴을 벅벅 문지르고 들어와서 두루마기를 걸쳤다. 소맷자락이 길어 끝단이 손가락을 덮었다. 어깨춤도 쉴 새 없이 흘러내려 불편하기 짝이 없었다.

'명통시에서의 첫 독경연이라니.'

장만은 늦지 않으려고 발걸음을 재촉했다. 기삼은 장만을 명통시 대문 가장 끝자락에 세워 놓고 조용히 사라졌다. 막상 자리에 서니, 더 마음이 복잡했다. 여기가 그토록 서고 싶었던 자리일까?

너무 커서 어색한 두루마기처럼 장만은 서 있는 자리도 제 것이 아닌 것 같았다. 그 생각에 장만은 더 떨렸다. 실수라도 할 것 같았다. 장만은 호흡을 가다듬고, 머릿속에 일부러 두 사람의 얼굴을 떠올렸다.

'아버지와 덕수가 지금 내 모습을 보면 엄청 좋아하겠지?'

그런 생각을 하자 몸에 기운이 돌았다. 장만은 두 손을 모으고 입을 풀었다.

"명통시에 들어온 지 몇 달도 안 된 애송이를 명통시 독경에 세우다니. 쯧쯧."

"그러게. 명통시 기강이 많이 무너졌지."

장만은 머리끝이 쭈뼛 섰다. 마치 장만이 들으라는 듯 엄청 큰 소리로 말하는 바람에 장만은 더 어이가 없었다. 독경연에 선 것을 두고 뒷말이 있을 거라 짐작은 했지만, 이 정도일 줄은 몰랐다. 수위를 넘긴 말에 가슴이 또 벌렁거렸다. 그때, 독경의 시작을 알리는 경쇠 소리가 울렸다.

'댕! 댕! 댕!'

장만의 목덜미에서 식은땀이 흘렀다. 하얗게 변해 버린 머릿속에서 매일같이 외던 경문이 싹 사라지고 없었다. 입술은 움직이는데도 목소리가 올라오질 않았다.

"…."

독경사들의 소리 대신 장만의 귀엔 허소경의 말만 계속 맴돌았다.

'실수하면 안 돼. 네가 나한테 배웠다는 걸 다른 독경사들이 아니까.'

그 생각을 하니, 가까운 곳에서 허소경 어른이 독경을 듣고 있을지도 모른다는 생각이 들었다. 장만은 더 주눅이 들었다. 다리가 후들거렸다.

십이 월장 화보 살전 년년이 드는 재앙을 쫓아주사*

장단이 자꾸만 어긋났다. 다른 독경사들에게 방해가 되지 않으려고 장만은 최대한 소리를 낮췄다. 어느 구절에서는 아예 소리를 내지도 않았다. 등줄기에선 쉴 새 없이 땀이 흐르고 자기 얼굴이 점점 하얗게 질려 간다는 게 느껴졌다.

경문 하나를 마치고 잠시 숨을 고를 때였다. 누군가 커다란 손으로 장만의 손을 잡아끌었다. 놀란 장만이 뒷걸음질을 치는데. 귓속에 대고 말을 했다.

"나. 기삼이야. 일단 나와."

아직 독경이 완전히 끝나려면 한참 남았다. 장만은 손을 잡은 기삼의 손을 밀어내며 손사래를 쳤다. 아직 끝나지 않았다는 걸 알

---

* 〈제석선경〉. 복을 받고 액을 물리칠 때 외는 경문.

려 주려는 것이었다. 그런데 기삼이 장만의 손목을 더 힘껏 쥐며 귀에다 말했다.

"손소경 어른의 뜻이야. 얼른 나와."

그 말에 장만은 움찔했다. 그러고는 얼른 대열에서 빠져나왔다. 독경에 방해가 되지 않으려고 최대한 발걸음 소리까지 내지 않으며 마당 뒤편으로 걸어갔다.

다시 시작된 독경 소리가 조금씩 멀어지자, 기삼이 조용히 입을 열었다.

"장만아, 그렇게 실수를 계속하면 어떡해. 네 소리가 자꾸 어긋나는 바람에 다른 독경사들이 얼마나 당황한 줄 알아?"

기삼의 말에도 짜증이 살짝 묻어 있었다. 실수를 여러 번 했다는 건 알았지만, 그 정도일 거라곤 생각지도 못했다.

"손소경 어른이 독경사를 중간에 빼라고 한 건 처음이야. 너답지 않게 무슨 일이야."

장만은 할 말이 없었다. 이렇게 여러 독경사와 함께 소리를 모아서 하는 독경은 처음이었다. 서로 맞춰 보는 시간이 필요했고, 또 연습이 필요했는데, 갑자기 장만이 등장하는 바람에 다른 독경사들도 놀랐을 게 분명했다. 거기다 정신없이 버벅댔으니 옆에 나란히 선 독경사들은 얼마나 당황했을까? 장만은 최대한 목소리를 낮추었다고 생각했는데, 어느 순간엔 아예 소리도 내지 않았다고 생각했는데, 귀가 예민한 독경사들이 그걸 모를 리 없었다.

그런 사정을 뻔히 다 알았을 허소경 어른이 왜 나를 거기 서라고 한 거지? 내가 잘할 거라고 믿은 걸까? 아니면 진짜 마음이 급했던 걸까?

"어떡하지?"

장만은 기삼의 팔을 붙들었다. 혹시, 내 실수 때문에 허소경 어른이 나쁜 소리를 듣게 되지 않을까 걱정이 됐다. 자기야 크게 혼쭐이 나면 그만이지만, 장만은 오히려 허소경이 걱정이었다.

"몰라. 손소경 어른도 그렇고 다른 어른들이 단단히 화가 난 것 같았어. 당분간은 쥐 죽은 듯이 있는 게 좋을 거야."

그 말을 남기고, 기삼은 어디론가 가 버렸다.

장만은 독경연 내내 땀으로 흠뻑 젖은 두루마기를 벗어 내던지고 싶었다. 그러고는 어딘가로 도망쳐 버리고 싶었다.

그날 이후 장만은 꼬박 사흘을 앓았다. 마음고생을 한 때문일까? 너무 긴장한 탓일까? 독경이 끝나고 자리에 눕자마자 멀쩡하던 몸에서 거짓말처럼 열이 올랐다. 먹을 것도 입으로 들어가질 않아 사흘 내내 누워서만 지냈다.

호되게 혼낼 줄 알았던 허소경 어른도 장만을 찾지 않았다. 폭풍이 치기 전 잠잠함 같은 고요가 더 두렵고 무서웠다.

그러고는 자리를 털고 일어난 날, 장만은 제일 먼저 두루마기를 챙겼다. 머리맡에 놓인 두루마기가 내내 신경이 쓰였었다. 어른의 처소로 가는 길에서 시끌시끌한 소리가 들렸다.

'뭐지? 이게 어디서 나는 소리지?'

아무래도 허소경 어른의 처소와 가까운 쪽인 것 같았다. 그러자 장만의 걸음이 빨라졌다. 그 순간, 누군가 장만의 손목을 휙 낚아 채며 말했다.

"허소경 어른한테 가려고?"

기삼이었다. 목소리를 확 낮춘 것으로 보아 심상치 않은 일이 있는 듯했다.

"왜? 무슨 일인데?"

장만이 묻자 기삼은 장만의 손목을 끌고, 조용한 곳으로 데려 갔다.

"아침부터 명통시 어른들이 허소경 어른이 계신 곳으로 몰려갔 어."

"왜? 기삼아, 말 좀 해 봐."

장만은 애가 탔다. 결국 뭉그적대던 기삼도 입을 열었다.

"너를 초하루 독경에 세운 일 때문에 노여워한 어른들이 많았 대. 그런데 허소경 어른이 뭐가 잘못됐냐며 맞서는 바람에 일이 커 진 모양이야. 지난해부터 허소경 어른을 눈엣가시처럼 여기는 어 른들이 많아서 한 번은 사단이 나겠구나 싶었거든."

"지난해부터? 그럼 나 때문에 벌어진 일이 아니란 거야?"

"지난해에 들어온 춘택이란 아이 때문에 명통시 안이 제법 시끄러웠거든."

"춘택이?"

장만은 자칫하면 들고 있던 두루마기를 떨어뜨릴 뻔했다. 명통시에 들어와서 다른 사람에게서 춘택의 이름을 들은 게 처음이었다. 손이 벌벌 떨렸지만, 마음을 가라앉혀야 했다.

"그래서 무슨 일이 벌어진 거야? 좀 자세히 말해 줘."

기삼은 주저하면서도 사색이 된 장만의 얼굴이 걱정스러웠는지, 한마디를 더 해 주었다.

"전부터 명통시에 무슨 일이 벌어지면 서로 편을 나눠 싸우기도 하고 했는데. 춘택이라는 아이 문제로 싸움이 커졌어. 그 앙금이 남아서 저러는 건지, 아니면 뭣 때문인지, 나도 잘은 몰라."

기삼은 또 모른다는 말로 선을 그었다.

"그래서 그 춘택이란 아이는 어떻게 됐는데?"

"쫓겨나다시피 나갔어. 그리고 저 어디 아랫마을에서 점을 쳐 주고 산다는 말도 들리고. 그 애도 알고 보면 불쌍해."

기삼은 그 말까지 하고 도망치듯 가 버렸다. 장만은 기삼이 떠난 후로도 한참 그 자리에 서 있었다. 이게 도대체 어떻게 된 일인지 머릿속으로 아무리 끼워 맞추려고 해도 되질 않았다.

며칠 동안 장만의 머릿속에선 '춘택'의 이름이 떠나질 않았다. 하지만 계속 쫓아다니며 묻는 장만에게 기삼은 더는 아는 게 없다는 말로 선을 그었다. 장만은 점점 더 불안해졌다. 허소경 어른의

거처로 어른들이 몰려갔던 그날 이후로 명통시 안은 더 조용해진
것 같았다.

악연

장만은 명통시로 급히 오느라 챙겨 오지 못한 것이 많았다. 철이 지나 입을 수도 없는 옷들 대신 덕수가 한 보따리를 갖다 주었다. 오랜만에 장만의 얼굴을 본 덕수가 놀라 소리쳤다.

"형, 얼굴이, 얼굴이 왜 이 모양이야?"

덕수가 장만의 얼굴까지 만지며 소리를 높였다.

"쉿, 조용히 해. 여기선 목소리 높이면 안 돼."

장만은 괜히 튀고 싶지 않았다. 지난번 일로 장만은 혹시 무슨 트집이라도 잡힐까 싶어 몸을 낮추고 또 낮췄다. 그런 장만이 너무 안쓰러웠는지 덕수는 장만의 손목까지 잡으며 또 물었다.

"뭘 먹기나 한 거야? 수척한 정도가 아니고 반쪽이야."

장만은 그 말에 울컥했다. 억지로 눌러놓았던 마음이 한꺼번에 몰려오는 것 같았다.

"힘드네. 몸보다는 마음이…."

동생을 붙잡고 하소연을 하려다 장만은 입을 닫았다. 그랬다가 괜히 아버지에게까지 전해질 것 같았다.

"형, 가자. 안 그래도 아버지가 형 먹을 거랑 필요한 것 좀 사 주라 하셨어."

덕수는 일부러 바지춤을 세게 흔들어 엽전 소리를 냈다. 형 기분을 풀어 주려고 애쓰는 동생이 귀여워 장만은 피식 웃었다.

"역시, 아버지가 최고구나. 그래 가자. 가서 든든한 것 좀 먹어 보자."

속으로는 만사가 귀찮았지만, 여기까지 찾아와 준 동생에게 걱정만 끼칠 순 없었다. 장만은 없던 기운을 다 끌어모아 자리를 털고 일어났다.

저잣거리에 들어서자 시끌시끌한 소리가 들리기 시작했다. 흥정하는 소리, 손님과 실랑이하는 소리, 장만은 적막으로 가득 찬 명통시를 벗어나 간만에 사람 소리를 들으니, 답답했던 마음이 오히려 풀리는 것 같았다.

그런데 사람들과 부딪힐까 봐 장만의 팔을 붙들고 가던 덕수가 갑자기 걸음을 멈췄다. 그 바람에 장만의 몸이 크게 휘청거렸다.

"형, 잠깐만! 저… 저놈은 춘택이 같은데?!"

춘택이란 이름에 장만의 머리끝이 쭈뼛 섰다. 덕수는 태수 어른

댁을 몇 번 오가며 봤던 춘택의 얼굴을 또렷이 기억하는 듯했다.

"저 목소리는… 춘… 춘택이야."

장만의 목소리가 떨렸다. 몇 발치 떨어지지 않은 곳에서 들려온 것은 분명 춘택의 목소리였다. 그사이, 와장창하고 산가지 통이 바닥에 나뒹구는 소리가 나고 사나운 욕지거리가 오고 갔다.

"우리가 사기꾼한테 왜 돈을 줘?"

"그러게. 이런 걸 점괘라고 봐주다니. 땡전 한 푼 없으니 썩 꺼져."

그 말에 장만은 덕수의 손을 꽉 잡았다. 점괘라니, 통에 산가지를 넣고 다니면서 점괘를 봐주는 이면 맹인일 텐데, 맹인과 시비가 붙어 큰 싸움까지 일어난 건가? 장만은 그 말에 그냥 지나칠 수가 없었다.

"뭐 이런 잡놈들이 다 있어? 사례비로 장난을 치면 천벌을 받아."

"뭐라? 이 어린놈이 맹인이라 불쌍해서 봐줬더니. 천벌? 자자, 그럼 이 주머니라도 한번 털어 보시던가."

사내의 거친 말이 빈정거림으로 바뀌는 순간, 장만도 머리끝이 곤두서는 것 같았다. 어린 맹인을 두고 저런 나쁜 짓을 해서야. 그렇다고 나설 일도 아니었다. 아버지는 오지랖 넓은 덕수에게 늘 싸움에 끼지 말라고 신신당부했었다.

그때였다. 붙들고 있던 덕수의 팔이 장만의 손에서 빠져나갔다.

'퍽' 소리와 함께 누군가가 바닥으로 쓰러지는 소리가 났다. 순간 사람들의 웅성거림이 더 커졌다.

"이 새끼! 너!"

덕수의 목소리였다. 장만은 말리기엔 이미 한발 늦었구나 싶었다.

"이놈은 또 뭐야? 야. 그렇게 맹인을 치면 어떡해?"

시비를 걸던 껄렁패의 목소리였다. 순간 장만의 얼굴이 하얘졌다.

'뭐라고? 그럼 덕수가 사례비를 안 준다며 맹인에게 시비를 걸던 사내를 친 게 아니라 맹인을 친 거라고?'

장만의 등에서 식은땀이 흘렀다. 그런데 덕수의 입에서 튀어나온 말이 더 기가 막혔다.

"춘택이, 이 새끼."

장만의 다리가 후들거렸다.

"덕수야. 너 지금 뭐 하는 짓이야?"

장만은 정신 줄을 잡으려고 애쓰며 덕수를 말렸다.

"한주한테 다 들었어. 이놈이 그랬다며. 춘택이 이놈이 형을 명통시에 못 가게 한 거잖아."

씩씩거리며 뱉어 낸 덕수의 말에 장만은 더는 말을 잇지 못했다. 춘택이란 심증이 있었어도 증거가 없었다. 그런데 무작정 주먹을 날리다니, 그것도 저잣거리에서 산통점을 치고 있는 춘택이에

159

게. 이 밑도 끝도 없는 난장판 속에서 장만은 뭐라고 입을 열 수도 없었다. 그사이, 사람들이 스멀스멀 빠져나가는 소리가 났다.

"가자. 가자. 맹인을 치면 무슨 벌을 받을지 몰라. 여기 있다가 괜히 뒤집어쓸 수도 있고."

춘택에게 시비를 걸던 놈들까지 사라지고 나자, 시끄러운 소리가 잦아들었다. 그리고 그제야 울음을 삼키는 춘택의 목소리가 났다. 남산골에서 그렇게나 못살게 굴던 춘택이가 지금, 그것도 바로 앞에서 울고 있다니. 장만은 정말 기가 막혔다.

"미… 미안하다."

춘택의 입에서 나온 말이었다. 장만은 머리를 한 대 맞은 것만 같았다.

장만이 명통시에 가지 못하도록 막은 사람이, 어린 여자아이를 시켜 아버지가 위독하다는 거짓말을 시킨 사람이, 바로 자기라는 걸 인정한 건가? 장만의 입에서 쓴 물이 올라왔다.

'왜? 왜 그랬는데? 나한테 왜 그랬느냐고.'

장만은 따져 묻고 싶었다. 그런데 그 말은 머리에서만 맴돌 뿐 입 밖으로 나오질 않았다. 가슴속에 너무 꾹꾹 눌러 담아 밖으로 꺼내지지도 않는 말이었다.

그렇게 한참을 우는 춘택 옆에서 장만은 빨리 떠나고 싶었다. 듣고 싶은 말도 하고 싶은 말도 없었다.

"가자. 덕수야. 나는 여기 있고 싶지 않아."

장만은 덕수의 소매 단을 잡아당겼다. 하지만 덕수는 꼼짝도 않고 계속 거친 콧바람만 뿜어 대고 있었다.

"형, 난 들어야겠어. 왜 우리 아버지까지 팔아 가며 이놈이 그런 나쁜 짓을 했는지."

덕수의 말에도 춘택은 울기만 하다가 한참 뒤에야 입을 열었다.

"아버지 때문이었어."

"뭐라고? 그런 몹쓸 짓을 해 놓고 이제 와 아버지 탓을 해?"

덕수는 또 소리를 꽥 질렀다. 하지만 춘택은 마치 들리지 않는 것처럼, 자기가 꼭 이 말만큼은 해야 한다는 것처럼 꾸역꾸역 말을 이었다.

"내가 사람 구실을 하려면 명통시에 들어가 관직을 얻어야 한다고 늘 나를 닦달했어. 난 이미 몇 번을 낙방했거든. 그런데 독경을 시작한 지 얼마 안 된 네가 붙고 내가 떨어지면. 아버지는 날 가만히 두지 않는다고 했어. 아버지에게 맞아 죽을지도 모른다는 생각에 그만."

춘택의 목소리가 벌벌 떨렸다. 맹인이란 이유로 천덕꾸러기 취급을 받고 사는 불쌍한 형이라고 했던 한주 말이 떠올랐다.

"두 달 전에 아버지가 갑자기 돌아가셨어. 그러고는 바로 난 집에서 쫓겨났어. 첩의 자식이고, 맹인이라고 날 눈엣가시처럼 여겼거든. 죽을까도 생각했는데. 그것도 내 마음대로 안 되더라. 내 두 손으로 매듭을 지어 나무에 걸기도 어려운 사람이니."

춘택은 묻지도 않은 말을 혼자 주절거렸다. 그 말을 듣고 있으려니 장만은 마음이 더 무거워졌다. 살아야 해서, 입에 풀칠이라도 해야 해서 산통점을 들고 저잣거리로 나온 춘택과 이렇게 마주칠 줄이야. '너도 참 불쌍한 인간이구나' 싶은 생각이 들었다. 하지만 덕수는 다른 것 같았다. 그래도 분이 풀리지 않는지 씩씩대며 또 소리를 질렀다.

"남한테 그렇게 몹쓸 짓을 하고 들어간 명통시면 잘 붙어 있어야지, 왜 저잣거리에서 이러고 있어?"

사실 장만도 그게 궁금했다. 춘택의 사연 속에 분명 허소경 어른과 연관된 일도 있을 것 같았다. 장만은 지난번 명통시 독경을 하고 난 후, 내내 생각했다. 허소경 어른은 어떤 사람일까? 나를 돕고 있는 걸까? 해치고 있는 걸까? 그리고 나한테 왜 이러는 걸까? 어쩌면 춘택에게서 그 열쇠를 얻을 수 있다는 생각에 돌아서려던 발걸음을 멈추고 다시 춘택의 말을 기다렸다. 하지만 춘택은 계속 울먹이기만 할 뿐 쉽게 입을 열지 않았다.

"뭐야? 대체 명통시에서 쫓겨난 이유가?"

그때, 옆에서 덕수가 목소리를 높였다.

"내 실력이 모자라다 보니, 처음부터 말들이 많았어. 명통시에 들어온 게 누군가 뒷돈을 받아서였다는 말들도 돌고 말이야. 사실은 그게 아닌데. 어쨌든 날 내보내자는 말이 나오면서 서로 편이 나뉘었어. 그러고는 서로 엄청 싸우더라고. 그런데 나중에 보니, 그건 누구의 말이 더 힘이 있는지를 겨룬 거였어. 권력 다툼 같은 거지. 결국 나도 그 희생양이었고."

춘택은 그때의 기억이 버거웠는지 목소리를 떨며 말을 이었다.

"그런데 이상한 게 뭔 줄 알아? 나를 가장 잘 챙겨 주셨던 분이 나중엔 가장 무섭게 날 내쳤어. 자기 사람이 필요해서 그랬던 거라는 걸 알고 나니 참 무섭더라고."

장만은 춘택의 말을 듣는 순간, 한 사람이 떠올랐다. 묻지 않을 수가 없었다.

"그 사람이 누군데?"

춘택이 이상하게 여길 걸 알면서도 장만은 대놓고 물었다.

"너도 명통시에 들어가면 그 사람을 조심해. 허소경이라고. 관직 욕심이 커서 자기 세력을 불리기 위해 잘해 주는 사람이었어."

장만은 순간, 몸에 소름이 돋았다. 허소경이 그런 사람이었다니. 사람이 관직에 눈이 멀면 그렇게 되는 걸까? 누구보다 뛰어난 독경사였고, 자신을 챙겨 주는 따뜻한 사람이라 생각했는데. 시간이 지날수록 이상했다. 하지만 이 정도일 줄이야. 춘택과 이야기를 나눌수록 춘택에 대한 원망은 연민으로 바뀌었고, 허소경 어른에 대한 의심은 점점 실망과 분노로 바뀌었다. 다리에 힘이 빠져 휘청이는 장만을 덕수가 붙들며 물었다.

"괜찮아? 형?"

"응, 가자 덕수야."

마음과 머리가 복잡해서 온몸의 기운이 자꾸 빠져나갔다. 더 있다가는 도저히 걸을 수도 없겠다는 생각까지 들었다. 바닥에 주저 앉은 춘택을 챙길 여력까진 없었다.

장만은 덕수의 팔에 의지한 채 뒤돌아 걸었다. 춘택의 울음소리가 점점 멀어졌다. 그때, 덕수가 '잠깐만'이라 말하고는 잡고 있던 장만의 손목에서 손을 뗐다.

"이걸로 밥이라도 사 먹어."

산통점 안에서 엽전 구르는 소리가 들렸다. 그러고는 잽싸게 달려온 덕수가 장만의 귀에 대고 말했다.

"온몸에 뼈가 다 불거지도록 말랐어. 하마터면 못 알아볼 뻔했다니까."

거기까지 말하고는 덕수도 입을 닫았다. 잘했다는 말을 하려다 장만도 그냥 말을 거뒀다.

정말 운명의 장난 같았다. 그리고 악연이었다. 춘택과 장만, 그리고 허소경까지. 장만은 이제 명통시를 떠날 이유가 명확해졌다는 걸 충분히 느꼈다.

독경사

찬바람이 유난히 기승을 부리던 겨울도 지나고 봄도 어느새 끝자락에 닿았다. 귓가를 스치는 바람에서 여름 기운이 느껴졌다.

"아무도 없어요?"

6개월 만에 돌아온 남산골이었다. 텅 빈 마당을 돌다가 장만은 느티나무 쪽으로 다가갔다. 그러고는 손으로 느티나무를 더듬었다. 여기저기 쩍쩍 갈라져 속살을 드러낸 둥치에서 겨울을 버텨 내느라 고생한 상처가 느껴졌다. 장만은 발끝을 꼿꼿이 세우고 팔을 끝까지 들어 올렸다. 나뭇가지가 만져졌다. 추운 겨울을 이기고, 마른 봄을 버틴 나무는 무성한 잎을 자랑했다.

"기특하다."

장만은 혼잣말을 내뱉었다. 그때, 대문이 삐걱 열리더니 호들갑스러운 목소리가 날아들었다. 그와 함께 다다다 뛰어온 발걸음이 장만의 어깨를 휘감았다.

"누구야? 이게 누구냐고?"

그렇게나 듣고 싶던 한주의 목소리였다. 여전히 살가웠다. 장만
도 두 팔을 들어 한주를 끌어안았다.

"누구야? 누가 온 게야?"

한주와 함께 집으로 들어선 어른이 소리를 높였다. 장만은 그
소리에 움찔 놀랐다.

"어르신, 형이 왔어요. 장만이 형이 왔다고요."

흥분이 가시지 않은 한주의 목소리가 더 방방 떴다.

"이 녀석아, 무슨 호들갑을 그리 떨어? 그놈이 다시 온 게 뭐가
그리 반갑다고."

냉랭한 말투였다. 인사도 한마디 없이 그렇게 나가 버렸으니 반
갑게 맞아 주리라는 기대도 지나쳤다.

"죄송합니다. 그렇게 불쑥 나가고, 또 불쑥 들어오는 것이 도리
가 아닌 줄 알지만…."

장만의 소리가 안으로 말려 들어갔다. 이 또한 넘어야 할 산이
었다.

"알면 됐다."

목소리에서 쌩하고 찬바람이 일었다.

"배움이 한참 모자란 걸 깨달았습니다. 열심히 하겠습니다. 한
번만 더 기회를 주십시오."

하지만 어른은 별말 없이 안으로 쓱 들어갔다. 짐작은 했지만, 마음이 아팠다. 마당 한가운데 멀뚱히 선 장만의 손을 끌고 한주가 안으로 들어갔다.

"형, 기다려 봐. 서운함이 풀릴 시간이 필요하신 거야. 말씀은 저래도 내심 걱정을 많이 하셨어. 그리고 만져 봐. 이 방에 형 물건들도 그대로 있어."

몇 달의 시간이 지난 흔적도 없이 방 안의 물건은 고스란히 그 자리에 있었다. 방 안 곳곳 배인 한주의 냄새까지도.

"어른이 버리지 말라고 하셨어. 다시 올 거라고."

눈시울이 뜨거워졌다. 힘들게 돌고 돌아 다시 제자리를 찾은 것만 같았다.

"어이구. 이놈의 문간방은 비어 있을 날이 없네. 뭘 또 기어들어 와?"

문이 벌컥 열리더니 아주머니의 목소리가 들렸다. 간만에 듣는 말투에서 장만은 오히려 정을 느꼈다.

"하하. 역시 아주머니의 인사는 변함이 없다니까. 좋은 걸 좋다고 말로 해도 되겠구먼."

그새 능글거리며 받아치는 한주의 농이 더 걸쭉해진 듯했다.

"저 양반이 잠깐 방으로 건너 오라셔. 다 늙은 사람한테 심부름이나 시키고."

그 말에 장만은 부리나케 어른의 방으로 자리를 옮겼다.

어른은 사람을 불러 놓고 한참이나 말이 없었다. 어색한 침묵 속에 꼴깍 침 넘기는 소리만 더 크게 났다.

"그래. 고생 좀 하고 돌아오니 어떠하냐? 독경에 대한 생각은 좀 달라졌느냐?"

무거운 정적을 깬 어른의 첫 마디에 장만은 뭐라고 답을 해야 할지 몰라 잠시 망설였다.

"너에게 명통시가 목표였지 않느냐? 명통시에 들어갈 기회를 잃고 독경까지 싫어진 거라면 나는 너를 가르칠 이유가 없어."

어른의 말이 무거웠다. 장만은 어른이 무슨 말을 하고 싶은지 충분히 알 것 같았다.

"길지 않은 시간이었지만, 밖에서 많은 것을 생각하고 또 많은 것을 느꼈습니다. 사람을 살리는 독경이 무엇인지도 깨달았고요."

장만은 아주 천천히 말했다. 진심을 전하고 싶었다. 하지만 어른 은 또 말이 없었다. 그러고는 한참 뒤 입을 열었다.

"나도 한때는 명통시의 관직에 매달렸지. 엄청나게 노력했고 경쟁자들을 이겨 낸 내 자신이 너무 기특했단다. 그런데 어느 순간 부터는 욕심이 커졌어. 내 것을 잃지 않으려고 매일같이 발버둥 쳤 지."

어른은 거기서 잠시 말을 끊고 한숨을 돌렸다. 그러고는 다시 말을 이었다.

"마음이 힘들었다. 물론 몸도 힘들었지. 그리고 그 후, 나를 시기

하는 사람들 때문에 억울한 일을 겪고, 명통시를 나왔어."

어른이 얼마나 어렵게 꺼내는 말인지 장만은 느낄 수 있었다. 입에서 간간이 세찬 바람 소리가 들리는 것 같았다.

"그 때문에 나는 또 많은 시간을 원망과 후회로 보냈어. 그러고는 깨달았지. 내가 얼마나 어리석은 욕심을 부리고 있었는지. 그 후 마음을 회복하는 데 많은 시간이 걸렸지만, 답은 결국 독경이었다. 나를 행복하게 하는 독경, 나는 독경으로 부와 명예를 얻으려했던 내 욕심을 놓고부터 진정한 행복을 보게 됐다. 남들 눈에는 이런 보잘것없는 집에서 자기 고집에 빠져 사는 노인네로 보일지 모르지만…. 허허."

장만은 오랜만에, 정말 오랜만에 어른의 웃음소리를 들었다. 그런데 그 웃음에서 어른의 희로애락이 모두 느껴졌다. 맹인이라는 이유로, 또한 얼마나 힘겨운 삶을 살았을까? 또 그 길에서 얼마나 많은 방황을 했을까? 모두 알 길은 없지만, 희미하게라도 느껴지는 듯했다.

"명통시에 들어가지 말라는 건 아니야. 목표를 갖고 노력하는 것은 언제나 옳은 일이니까. 다만 거기에만 매달리지 말고, 독경을할 때의 네 행복한 마음을 잃지 않도록 노력하라는 말이야."

울컥했다. 따뜻한 말이 장만의 가슴을 울렸다. 가야 할 길을 분명히 알려 준 분이었다. 그리고 그 길이 옳은 방향을 향해 있다는 것에 마음이 놓였다.

어른의 말을 듣고 보니, 결국은 이 또한 출발선이었다. 아직 갈 길은 너무나 멀었고, 배워야 할 것도 많았다. 또 넘어질 것이고 또 깨지겠지만, 장만은 믿음이 생겼다. 쉽게 무너지지 않는 용기가 내 안에 있다는 믿음.

"스승님을 만나 정말 다행입니다."

장만의 입에서 '스승님'이라는 말이 처음 나왔다.

"어허, 뭔가 간지럽고 어색하다. 그냥 지금처럼 어른, 이렇게 불러. 허허."

다시 남산골로 돌아온 첫날, 장만은 생각보다 훨씬 따뜻함을 느꼈다.

"한주야. 내일 아침에도 나 깨워 줄 거지? 아침에 눈 뜨자마자 기도하러 가야지."

한주는 장만의 어깨를 가볍게 톡톡 건드렸다. 알아들었다는 둘 만의 신호였다. 장만은 예전처럼 문갑 아래 자리를 찾아 발을 뻗고 누웠다. 방바닥에서 꿉꿉한 냄새가 스멀스멀 올라왔다. 까슬한 자리에 머리를 대고 누우니 남산골에 돌아왔다는 게 실감 났다.

'아, 다시 고생 시작이구나.'

그런데 생각과 달리 입꼬리는 자꾸 씰룩거리며 올라갔다. 오랜만에 느끼는 기분 좋은 설렘이었다. 이튿날 아침, 장만은 잠에서 깨자마자 집을 나섰다. 몇 달 전만 해도 금세 올랐던 산인데, 자꾸만 숨이 턱턱 차올랐다.

"한주야. 혹시 너 다른 길로 가는 건 아니지? 길이 이렇게 가팔 랐나?"

"내가 일부러 형 고생이라도 시킬까 봐? 길은 똑같아. 형 다리가 변한 거겠지. 엄살 부리기는."

"그렇지? 내 다리가 게을러진 거지?"

한주의 말에 장만도 너스레를 떨며 웃었다. 정상에 오르자 기분 좋은 바람이 불어왔다.

"예전과 달라진 게 아무것도 없네."

"아니지. 형도 나도 해를 넘겼으니 한 살을 더 먹었지."

한주는 자기 턱에서 수염이 나는 것 같다며 만져 보라고 손을 갖다 대고는 깔깔거렸다. 생각해 보니 진짜 한 살을 더 먹었다. 지난해보다는 키도 한 뼘쯤은 더 자랐고 목소리도 묵직하게 변했다. 그만큼 마음과 생각도 단단해졌을까? 장만은 숨을 고르려고 바위를 찾아 그 위에 걸터앉았다. 한주가 다가와 말을 붙였다.

"형, 명통시에서 이번 겨울에도 독경사를 선발할 거라던데."

평소 한주답지 않게 조심스러웠다. 장만은 한주가 왜 그러는지 충분히 알 것 같았다. 한주가 장만의 옆에 슬그머니 앉았다. 어떤 말이라도 해 주길 기다리는 눈치였다.

"다시 가 봐야겠지?"

기다렸다는 듯 한주가 벌떡 일어나며 기분 좋게 웃었다.

"그런데 한주야. 이제 난 꼭 명통시가 아니어도 괜찮을 것 같아."

"형, 무슨 기운 빠지는 소리야?"

한주가 의아해하며 물었다.

"남산골로 다시 오면서 내가 왜 독경을 시작했는지, 그 마음을 알게 됐어. 내가 어두운 세상에서 희미하게나마 빛을 보게 된 게 독경이었던 것처럼 나도 누군가에게 위로와 응원이 되는 독경을 할 수 있으면 그걸로 충분할 것 같아."

정말 그랬다. 욕심 부리지 않고, 초조해하지 않고, 그 길을 묵묵히 걸어가 보기로 했다. 매일 아침 산을 오르듯이, 조금씩 나아가다 빛이 있는 그곳에 닿아 있을지도 모른다. 기대에 찼던 한주가 조금은 시무룩한 소리로 말했다.

"그래도 난 더 많은 사람이 형의 독경을 들을 수 있으면 좋겠어. 명통시 같은 곳에 가서 멋지게 독경을 하는 형 모습을 보고 싶어."

"나중엔 모르지. 내 독경이 깊어져서 한양 최고의 독경사가 되면 나라에서 나를 부를지도. 나라님 앞에서 독경을 올리고 있을지도 말이야."

장만은 상상만으로도 또 가슴이 벅차올랐다.

"여봐라! 자네가 조선 최고의 독경사, 장만인가? 어디 자네 독경을 한번 들어 보세. 하늘 문을 열어 이 황량한 땅에 단비를 내려 주시오!"

한주였다.

"황송하옵니다. 비천한 것이 몇 년을 갈고 닦은 독경이옵니다. 잘 들어주십시오."

장만은 평평한 바위 위에 올라섰다. 그러고는 목을 가다듬었다.

황천 액도 막아내고 병란 액도 막아낼 때 상처 액도 막아내고 상부 액도 막아내고
내황천 외황천 내팔문 외팔문 내외 황천 팔문약을 모두 쓸어 소명할 때[*]

거짓말처럼 빗방울이 장만의 얼굴로 떨어졌다.

"형! 비야! 비가 내린다고."

[*] 신에게 소원을 비는 축원문.

작가의 말

'역사 속, 시각장애인들은 어떤 삶을 살았을까?'

이 책의 시작을 함께한 질문이었습니다. 그리고 답을 찾아가는 과정에서 미처 알지 못했던 세상을 보았습니다. 차별과 편견 속에서 고통받는 삶을 살았을지도 모른다는 생각은 지나친 오해며 착각이었습니다. 암흑 속에서도 희망을 잃지 않고 꿈을 좇아간 그들의 삶을 들여다보며, 그 진정한 '밝음'을 여러분과 나누고 싶었습니다.

과거 시각장애인들은 점술가로, 또는 독경사로 살아갔습니다. 앞을 볼 수 없는 사람이 현실 세계 너머의 세상을 보고, 이를 다스릴 수 있는 능력을 갖추었다고 믿었지요. 그 힘이 현실의 고통을 덜고, 숱한 어려움을 극복하게 했습니다. 나아가, 나라가 나서서 이들을 지원하기도 했습니다. 점술가, 독경사로 활동하는 그들을 위해 '명통시'라는 관청을 만들고, '기우제'와 같은 나라의 큰 행사에 그들을 부르거나, 관직을 주었다는 기록도 있습니다. '소경'이나 '봉사'도 조선시대의 관직명으로 시각장애인에게 많이 주어졌다고 합니다. 하지만 그 이름들이 지금은 시각장애인을 낮추는 말로 변형된 것이 안타깝습니다. 쉽게 접할 수 없지만, 맹인 독경은 서울 무형문화재로 지정되어 지금도 명맥을 이어오고 있습니다. 하지만 안타깝게도 명통시에 대한 역사 기록은 거의 없습니다. 정확한 규모나 관직 체계, 선발 과정 등 당시 활동했던 독경사에 대해 알 수 있는 부분이 없기 때문에 작품의 많은 부분을 상상력으로 만들었습니다. 또한 작품에 인용한 경문들도 현재 전승되고 있는 서울 맹인 독경 자료를 참고했습니다.

갑작스러운 바이러스 공포에 많은 사람이 힘들어하고 있습니다. 저 역시, 그 안에서 길을 잃고 헤맸는지 모릅니다. 쓰다가 머뭇거리기를, 쓰다가 주저하기를, 수없이 반복했습니다. 세상의 이야기를 담아내기에 내 그릇이 너무 작지 않을까 하고 의심하기도 했고 핑계도 대 보았습니다. 하지만 이 책의 주인공인 장만이와 함께 한 걸음 한 걸음 천천히 꿈을 좇아가는 길에 넘어지지 않고 순탄하게만 갈 수 있다고 믿는 것이 얼마나 자만인지도 깨달았습니다. 누구에게나 삶은 숱하게 넘어지고 또 일어나는 일의 연속이겠지요? 그 안에서 한 뼘 더 성장했을 것을 믿으며 이 책을 조심스레 세상에 내어놓습니다.

이 책이 세상에 나올 수 있도록 끝까지 함께 걸어 주신 한정영 작가님과 부족한 저를 믿고 소중한 기회를 주신 서해문집에 감사를 전합니다.